D1150162

FOLIO POLICIER

Thomas H. Cook

Les feuilles mortes

Traduit de l'américain
par Laetitia Devaux

Gallimard

Titre original :

RED LEAVES

© *Thomas H. Cook, 2005. Published by arrangement with Harcourt Inc.*
© *Éditions Gallimard, 2008, pour la traduction française.*

Ancien professeur d'histoire et ancien secrétaire de rédaction, auteur d'une vingtaine de romans et de deux essais, Thomas H. Cook est né en 1947 en Alabama. Six fois sur la liste du prix Edgar Allan Poe, il a notamment publié en Série Noire *Les rues de feu, La preuve de sang* (2006), *Les ombres du passé* (2007), *Les feuilles mortes* (2008, prix Barry du meilleur roman) et *Les liens du sang* (2009). Il vit entre New York et Cape Cod.

Pour Susan Terner,
à l'épreuve du feu.

Repars de zéro, dit le maître.
Prends ce qu'il y a autour de la maison.
Que ce soit simple et triste.

STEPHEN DUNN,
La visite au maître

PREMIÈRE PARTIE

Quand vous songez à cette époque, c'est sous forme de photos. Vous revoyez le jour où vous avez épousé Meredith. Vous vous tenez tous les deux sur le perron de la mairie par une belle journée de printemps. Elle se blottit contre vous dans sa robe de mariée, sa main glissée sous votre bras. Elle porte un petit bouquet sur sa robe. Au lieu de regarder l'objectif, vous ne vous quittez pas des yeux. Votre regard pétille et l'air danse autour de vous.

Vous effectuez quelques petits voyages avant la naissance de Keith. Vous vous revoyez en radeau sur le fleuve Colorado, au milieu des éclaboussures ; éblouis par le feuillage d'automne du New Hampshire ; au sommet de l'Empire State Building, où vous faites l'imbécile devant l'appareil, pieds écartés, poings sur les hanches, comme le maître de l'univers. Vous avez vingt-quatre ans, elle vingt et un, et votre confiance l'un dans l'autre est si totale qu'elle confine à l'impudence. Vous n'avez peur de rien. L'amour, pensez-vous alors, est une armure invincible.

Keith apparaît pour la première fois au creux du bras de Meredith. Elle gît sur son lit de maternité, une pellicule de sueur sur le visage, les cheveux en bataille. Le bébé est enveloppé dans un drap. La photo a été prise de profil, et l'on voit sa minuscule main rose se tendre instinctivement vers quelque chose que ses yeux ne peuvent distinguer – le sein à peine caché de sa mère. Meredith rit de ce geste, mais vous vous rappelez qu'elle était en admiration, comme si c'était un signe d'intelligence précoce, de témérité ou d'ambition, la preuve qu'il réussirait dans la vie. Vous lui dites sur le ton de la plaisanterie que votre fils n'est encore âgé que de quelques minutes. Elle répond qu'elle le sait bien.

À deux ans, Keith chancelle vers l'ours en peluche que Warren, votre frère, lui offre pour Noël. Warren est assis sur le canapé à côté de Meredith. Il se penche en avant, et ses grosses mains paraissent floues car il applaudit à l'instant où vous prenez la photo. « T'as de la chance, frérot, vous dit-il sur le pas de la porte en partant, t'as vraiment de la chance d'avoir tout ça. »

Vous prenez souvent des photos. Devant votre petite maison de Cranberry Way, avec Meredith et Keith qui, à six ans, tient une batte de base-ball en plastique. Vous aviez obtenu un prêt malgré de faibles garanties financières. Meredith était persuadée que la banque n'accepterait jamais, et vous avez fêté votre nouveau statut de propriétaires avec une bouteille de mauvais champagne. Meredith et vous, verres levés, Keith à vos côtés, exhibant son jus de pomme.

Vous achetez une boutique, puis une nouvelle maison, plus grande, avec davantage de terrain. Les fêtes défilent année après année. Vous découpez la dinde et décorez le sapin de Noël avec des bougies, puis, par crainte d'un incendie, vous passez aux guirlandes électriques. Sur les clichés, vous disparaissez au milieu des papiers cadeaux, et au fil du temps, votre visage est éclairé par des bougies d'anniversaire de plus en plus nombreuses.

Pour vos quinze ans de mariage, vous offrez une bague à Meredith et, devant Keith et Warren, vous refaites une cérémonie, avec des vœux cette fois plus personnels. Ce soir-là, dans la pénombre rassurante du lit, Meredith vous dit qu'elle vous aime toujours, et vous sentez les larmes vous monter aux yeux.

Pour les dix ans de votre fils, vous lui achetez un premier vélo, puis, pour ses quatorze ans, une bécane de course plus sophistiquée. Keith n'est pas doué en mécanique, et vous passez un bon moment à lui expliquer le fonctionnement des vitesses. Vous finissez par lui demander s'il aurait préféré un vélo moins complexe. Il le reconnaît, mais il vous explique que c'est juste parce qu'il préfère les choses simples. Il dit ça en vous regardant droit dans les yeux, et vous prenez conscience qu'il y a là une profondeur que vous n'aviez jamais décelée, que votre fils a comme tout le monde des faces cachées. Vous ne répondez pas, mais vous comprenez que Keith, celui qui tenait autrefois dans le bras de Meredith, est en train de sortir du cocon que vous aviez tissé autour de lui. Vous êtes satisfait, et vous ne doutez pas que Meredith sera ravie.

Une nouvelle année s'écoule. Keith atteint presque votre taille, Meredith n'a jamais été aussi radieuse. Vous baignez dans une douce satisfaction, et vous savez que ce n'est ni la maison ni la boutique qui vous procurent un tel sentiment d'accomplissement. Il vient de votre famille, de la profondeur et de l'équilibre qu'elle a *donnés à votre vie, de ces racines et de cette sérénité que votre père n'a jamais eues et, sans savoir pourquoi, à la fin de cet été-là, vous pensez être au faîte de votre vie.*

Vous décidez alors de prendre une photo. Vous installez le trépied, vous appelez Keith et Meredith. Vous vous placez entre eux deux, un bras autour de leurs épaules. Vous avez programmé le déclencheur de l'appareil. Le voyant rouge s'allume et vous les serrez plus fort contre vous. Souriez, leur dites-vous.

1

Les photos de famille mentent.

Je compris ça en partant pour toujours de chez moi cet après-midi-là, si bien que je n'emportai que deux clichés.

Le premier de ma famille, lorsque j'étais encore un fils, et non un père. J'y figure avec mes parents, Warren, mon frère aîné et Jenny, ma sœur cadette. J'arbore un sourire radieux car je viens d'être accepté dans une prestigieuse école privée. En revanche, le sourire des membres de ma famille me semble désormais faux, car déjà, à l'époque, les murs de notre vie étaient en train de se fissurer et les bêtes féroces nous guettaient dans la pénombre.

À la fin de cet été-là, mon père devait savoir que ses mauvais investissements et ses dépenses somptuaires ne pouvaient continuer longtemps, que l'humiliation de la faillite se rapprochait inexorablement. Et pourtant, je doute qu'il ait su à quel point ses dernières années s'écouleraient tristement dans une maison de retraite à observer le jardin derrière des rideaux en dentelle en pensant à la grande et belle maison où nous avions vécu, elle aussi perdue à jamais.

Malgré cela, ou peut-être justement à cause de cela, mon père a sur la photo un sourire fanfaron, comme s'il pouvait nous protéger de la horde furieuse des créanciers qui se préparait à l'assaut final. Le sourire de ma mère est plus hésitant. On dirait un masque translucide qui ne dissimule guère ses pensées. Il paraît forcé, comme si les coins de sa bouche étaient accrochés à des poids, et si j'avais été moins imbu de ma personne, j'aurais pu remarquer sa réserve pour lui poser la question qui me vint ensuite si souvent à l'esprit : *quelle a été ta vie ?*

Mais je ne lui ai jamais posé cette question et, le jour où sa voiture a quitté le pont Van Cortland, je n'ai jamais imaginé qu'elle pensait à autre chose qu'au menu du dîner ou au linge soigneusement repassé qu'elle avait déposé sur nos lits dans l'après-midi.

Warren, mon frère, se tient à ma gauche. Il n'a que quinze ans, mais il a déjà les cheveux épars et un gros ventre. Il paraît vieux. Il sourit, car il n'a rien d'autre à faire, mais par la suite, j'ai maintes fois pensé qu'il devait déjà avoir peur. Les mauvaises graines plantées en lui avaient commencé à germer.

Et il y a Jenny, si belle que, même à sept ans, tout le monde se retournait sur elle dans la rue. Warren disait toujours qu'elle était adorable, en lui caressant les cheveux ou en la couvant simplement d'un regard admiratif. Adorable, répétait-il.

En effet. Mais aussi vive et intelligente. C'était le genre de petite fille qui, le jour de la rentrée scolaire, vous demandait pourquoi les professeurs éprouvaient le besoin de tout répéter. Je lui avais expliqué que certains enfants ne comprenaient pas du premier coup, et elle était restée un moment songeuse, comme si elle essayait de mesurer l'inégalité de la nature humaine. « C'est triste, avait-elle dit en levant vers moi ses yeux bleu mer des Caraïbes, mais ce n'est pas leur faute. »

Sur cette photo, Jenny a un grand sourire éblouissant, mais sur les clichés suivants, on perçoit des nuages dans ses yeux. La tumeur avait pris racine dans son cerveau. Ce qui n'était au début qu'une simple tête d'épingle lui avait peu à peu enlevé son équilibre, sa voix chantante, tout sauf sa beauté, pour finalement lui prendre la vie.

C'est à elle que je pensais en partant pour toujours, cet après-midi-là. Je ne sais pas pourquoi. Peut-être parce qu'elle aurait mieux compris la situation que moi, peut-être parce que j'aurais aimé en discuter avec elle, retracer le trajet de l'obus et la série d'explosions qui avait suivi, profiter de sa sagesse et lui demander : « Tu crois vraiment que ça devait se terminer comme ça, Jenny, n'aurait-on pas pu éviter le désastre, et épargner ces vies ? »

Le soir de ce jour fatal, mon père avait dit : « Je serai là pour les actualités. » Il parlait du journal télévisé, ce qui signifiait qu'il serait de retour avant dix-huit heures trente. Ses paroles n'avaient rien d'inquiétant, rien ne laissait penser que notre univers était en train de s'effondrer.

Quand je songe à cette journée-là, c'est ma seconde famille qui me vient à l'esprit, celle où je joue le rôle du mari de Meredith et du père de Keith, et je me demande ce que j'aurais pu faire pour empêcher ce raz de marée. Et là, je pense à une autre photo, celle d'une autre petite fille, une photo imprimée à la hâte sur des affiches qui la montraient souriante sous ces lettres sinistres : DISPARUE.

Amy Giordano.

Elle était la fille unique de Vince et Karen Giordano. Vince possédait un petit magasin de fruits et légumes en bordure de la ville. Sa boutique s'appelait Vince Primeur, et Vince incarnait une publicité vivante pour son établissement. Il portait un pantalon en flanelle verte, ainsi qu'une veste et une casquette vertes avec le nom de son magasin brodé dessus. C'était un petit homme trapu qui ressemblait à un boxeur sur le retour, et la dernière fois que je l'avais vu avant ce terrible événement, c'était le jour où il m'avait apporté un sac en papier brun contenant six pellicules photos. « Mon frère est venu nous rendre visite en famille, m'avait-il expliqué en me tendant le sac, et ma belle-sœur est fan de photo. »

Je possédais un magasin de photo situé dans l'unique galerie marchande de la ville, et les clichés que Vince Giordano m'avait déposés cet après-midi-là montraient deux familles, la première avec quatre enfants entre quatre et douze ans, la progéniture du frère et de son épouse « fan de photo », la seconde limitée à trois personnes : Vince, sa femme Karen et Amy, leur fille unique.

Sur ces clichés, les deux familles sont comme sur tous ceux que le photographe d'une petite ville côtière passe l'été à développer. On les voit étendus sur des chaises longues, serrés à table en train de dévorer des hamburgers ou des hot-dogs, étalés sur des serviettes de plage aux couleurs vives ou encore en promenade sur le port. Ils sourient d'un air heureux et ils semblent n'avoir rien à cacher.

J'ai calculé que Vince avait déposé les six pellicules la dernière semaine d'août, c'est-à-dire moins d'un mois avant le vendredi soir où Karen et lui étaient sortis dîner en tête à tête. « Rien que tous les deux », comme il le dit ensuite à la police. Tous les deux… autrement dit, sans Amy.

Amy me faisait toujours penser à Jenny. Pas seulement à cause de ses longs cheveux que j'admirais sur les photos à développer, de ses yeux bleus ou de son teint lumineux. Amy était belle, tout comme Jenny l'avait été. Mais ces clichés laissaient aussi transparaître son intelligence. Quand on regardait Amy dans les yeux, on avait l'impression qu'elle comprenait tout, comme Jenny. Aux journalistes, l'inspecteur Peak avait déclaré que c'était « une petite fille très intelligente et pleine de vie », mais Amy était bien plus que ça. Comme Jenny, elle était très observatrice, à croire qu'elle cherchait à appréhender la nature des choses. La dernière fois que je l'avais vue, un après-midi de septembre, Karen m'apportait de nouvelles pellicules, et pendant que je notais les références, Amy avait visité le magasin et examiné attentivement tout ce qu'elle avait trouvé : les petits appareils numériques, les objectifs, les obturateurs, les boîtiers. Puis elle s'était emparée d'un appareil photo et l'avait retourné entre ses petites mains blanches. Le spectacle de cette belle enfant concentrée était fascinant. J'avais l'impression qu'elle cherchait à comprendre le mécanisme de l'appareil, le fonctionnement de ses boutons, de ses voyants et de ses cadrans. Quand ils ont un appareil photo entre les mains, la plupart des enfants veulent tout simplement prendre une photo, alors qu'Amy avait plutôt l'expression d'un chercheur. Prendre une photo n'avait aucun intérêt pour elle. Elle voulait *comprendre* comment on prenait une photo.

« C'est une petite fille incroyable », avait déclaré Karen Giordano aux journalistes, des paroles que les parents prononcent souvent au sujet de leur progéniture, alors qu'en réalité, très peu d'enfants sont réellement incroyables, sauf aux yeux de leur famille. Mais c'est un autre débat. Ce qui compte, c'est qu'Amy était la fille de Karen Giordano. Ainsi, quand je parcours désormais les rues de ma ville, que je scrute des visages qui, depuis le ciel, doivent être aussi indistincts que des grains de sable, j'accepte que, pour un proche, la personne que je vois soit unique. Il s'agit du visage d'un père ou d'une mère, d'une sœur ou d'un frère, d'un fils ou d'une fille. Ce visage contient des milliers de souvenirs, ce qui le rend différent de tous les autres. Cela s'appelle l'attachement, et c'est ce qui nous rend humain. Sans de tels sentiments, nous nagerions dans une mer d'indifférence, avec des yeux vitreux, à la recherche de notre pitance, et rien d'autre. Nous connaîtrions la douleur des dents dans notre chair ou la morsure des rochers et des coraux. Mais nous ne saurions rien de l'amour, ni de l'angoisse de Karen Giordano, de sa douleur, de l'impression de perte irrévocable, de la violence contenue dans une simple promesse, celle d'être rentré pour les actualités.

2

Il n'y avait pas eu une goutte de pluie durant tout l'été. Aussi, quand j'entendis le grondement du tonnerre, je levai les yeux d'un air impatient, mais je n'aperçus que quelques hauts nuages comme des coups de pinceau sur le bleu du ciel.

— Un orage de chaleur, déclarai-je.

Sans quitter son magazine des yeux, Meredith hocha la tête dans son hamac.

— Au fait, j'ai oublié de te dire, j'ai une réunion à l'école, ce soir.

— Un vendredi ? m'étonnai-je.

Elle haussa les épaules.

— Je suis bien d'accord, mais le directeur, Mr May, a dit que nous devions déjà penser à l'année prochaine. Clarifier nos objectifs, ce genre de choses.

Meredith travaillait depuis huit ans à l'école comme prof d'anglais. Durant plusieurs années, elle s'était contentée de faire des remplacements, mais un décès prématuré lui avait enfin offert un poste à plein temps. Depuis, elle se voyait assigner toujours plus de tâches administratives, voire des déplacements à Boston ou à New York. Mais à chaque nouvelle mission elle prenait davantage confiance en elle, et elle ne m'avait jamais semblé aussi heureuse, aussi détendue que ce soir-là. Elle paraissait avoir trouvé l'équilibre idéal entre son travail et sa famille.

— Je serai rentrée vers dix heures, déclarat-elle.

J'étais face au barbecue en briques que j'avais installé quatre ans plus tôt. C'était une structure massive, et j'adorais expliquer les difficultés que j'avais eu à le construire. Il se composait d'un foyer en briques incurvées, d'un socle et de plusieurs plateaux. J'aimais sa solidité face aux vents les plus forts, j'aimais aussi le contact humide de son ciment. Il était tout sauf fragile. Il incarnait, me dit un jour Meredith, non pas la réalité, mais ma vision de la réalité : rigide, solide, intangible.

Quand j'y repense, notre maison avait la même robustesse. Elle était construite dans un bois noble presque aussi dur que la pierre. Le plafond du salon était orné de grosses poutres et d'une cheminée rustique en pierre grise. Le sol carrelé témoignait d'un incontestable désir de longévité. Le jardin était peuplé d'arbres et de buissons qui dissimulaient la maison depuis la route. Une allée en terre décrivait une légère courbe jusqu'à la bâtisse, puis franchissait un petit talus et rejoignait la grand-route un peu plus loin à travers une forêt dense. À part l'orée du chemin entre les arbres, personne ne pouvait soupçonner qu'il y avait là une maison. « Nous vivons sur une île déserte en plein milieu des bois », avait un jour dit Meredith.

J'avais mis deux hamburgers supplémentaires sur le gril, car Warren avait appelé un peu plus tôt pour se plaindre d'être fatigué après une dure journée de travail. Comme je savais qu'il détestait se retrouver seul le vendredi soir, je l'avais invité à dîner. Ces dernières semaines, il s'était mis à boire davantage, et ses tentatives pour trouver « la femme idéale » se faisaient rares et fugaces. Un an plus tôt, il était tombé de son échelle alors qu'il réparait le toit de sa petite maison, et il s'était cassé la hanche dans sa chute. Il avait dû rester alité près d'un mois. Comme il n'avait ni femme ni enfant, nous l'avions installé dans la chambre de Keith, où il avait passé son temps à jouer à des jeux vidéo et à regarder des films d'aventures, parce que, expliquait-il, « j'ai besoin de me changer les idées ».

Il apparut juste avant cinq heures sur le sentier qui serpentait jusqu'au barbecue. Dans le soleil couchant, les feuilles étaient si colorées qu'on aurait cru qu'il s'avançait au milieu d'une peinture à l'huile. À cette époque de l'année, le feuillage était toujours somptueux. J'appréciais tout particulièrement l'érable du Japon au bout de l'allée. Ses branches gracieuses et chargées de feuilles rouges se déployaient comme des bras protecteurs.

— Comment ça va, cuistot ? me lança Warren en se laissant tomber dans une chaise longue près du hamac de Meredith.

Meredith posa son magazine.

— Il n'est cuistot qu'en été, déclara-t-elle sans amertume. Il ne bouge pas le petit doigt, si ce n'est pour s'occuper du barbecue.

Puis elle quitta son hamac et ajouta avant de se diriger vers la maison :

— Je vais m'habiller.

— S'habiller pour quoi ? s'étonna Warren.

— Une réunion à l'école, répondis-je.

Le téléphone sonna à l'intérieur de la maison. Je vis Keith aller décrocher plus vite qu'à l'ordinaire, si bien que je pensai que c'était peut-être l'appel d'une petite amie. Il échangea quelques mots avec son interlocuteur, puis posa le combiné et apparut à la porte.

— Cela pose un problème si je vais faire du baby-sitting ce soir ? me demanda-t-il. Mrs Giordano n'arrive pas à joindre Beth.

Je savais que Karen Giordano avait d'habitude recours à Beth Carpenter pour garder Amy quand son mari et elle sortaient, mais elle appelait parfois Keith quand la jeune fille n'était pas disponible. Il était déjà allé chez eux à quatre ou cinq reprises, et il était toujours rentré à la maison avant onze heures, en général avec une petite anecdote sur l'intelligence ou la gentillesse d'Amy, qui méritait amplement le surnom dont il l'avait affublée : Princesse Parfaite.

— Tu as fini tes devoirs ? demandai-je.

— Oui, sauf l'algèbre. Mais on est vendredi, papa. J'ai tout le week-end. Je peux ?

— D'accord, fis-je avec un haussement d'épaules.

Keith rentra, je le vis passer devant la fenêtre et reprendre le téléphone, mon grand garçon maigre de quinze ans avec sa tignasse de cheveux noirs et sa peau si pâle et si lisse qu'elle en paraissait presque féminine.

— Tu as un bon fils, Eric, dit Warren.

Puis il ajouta en jetant un coup d'œil au barbecue :

— Ça a l'air délicieux.

Quelques minutes plus tard, nous étions à table dehors. Meredith portait un foulard en soie et des escarpins noirs. Keith, comme d'habitude, était vêtu d'un jean et d'un T-shirt avec des baskets aux lacets défaits.

Je me souviens que la conversation fut assez limitée ce soir-là. Je racontai que j'avais développé dans la journée une pellicule contenant vingt-quatre poses du même poisson rouge. Meredith déclara qu'elle aimait de plus en plus Dylan Thomas, d'autant qu'elle venait de relire son poème sur la petite fille ayant péri dans un incendie à Londres.

— À partir d'un thème douloureusement personnel, il a écrit un texte d'une portée universelle, expliqua-t-elle.

Warren se plaignit de sa hanche qui le faisait encore souffrir, et annonça qu'il devrait sans doute se faire réopérer dans un ou deux ans. Mon frère avait toujours eu besoin d'apitoyer les gens. Il était constamment en quête d'attention maternelle, à tel point qu'on l'aurait cru orphelin de naissance. Mon père le trouvait mou et stupide, le traitait de « nullard » dans son dos, et exigeait de ma mère qu'elle ne le ménage pas. Mais, sur ce plan-là, elle refusait de lui obéir.

Quant à Keith, il paraissait encore plus renfermé qu'à l'ordinaire, la tête plongée dans son assiette comme s'il fuyait notre regard. Il avait toujours été un enfant timide, maladroit et réservé, et évitant tout contact physique. Il n'avait pas de goût pour le sport, mais pas davantage pour une autre activité dans quelque domaine que ce soit. Il vivait replié sur lui-même.

Meredith m'avait plus d'une fois demandé pourquoi je n'envoyais pas Keith consulter un psychologue. Je n'y voyais pas d'inconvénient, mais j'ignorais comment m'y prendre. Et puis, pour moi, la vraie question n'était pas qu'il fasse du sport ou qu'il ait des amis, mais qu'il se sente heureux. Et comme je n'avais aucun moyen de savoir ce qu'il éprouvait, je laissais filer. Les premières années de son adolescence s'étaient écoulées sans incident notable, jusqu'à ce soir-là, où il passa le repas le nez dans son assiette.

Pour finir, Meredith se hâta d'aller à sa réunion et Warren s'installa dans le hamac pendant que je débarrassais la table et nettoyais le barbecue.

— Tu m'emmènes ? me demanda mon fils en sortant de la maison, habillé, par cette fraîche soirée d'automne, d'un pantalon kaki, d'un pull et d'une parka bleue.

— Tu es très beau comme ça, lui dis-je.

Il grogna :

— Ouais.

— Non, ce que je veux dire, c'est que tu deviens…

Il leva la main pour m'interrompre.

— Bon, tu m'emmènes ?

Avant que je réponde, Warren s'extirpa du hamac.

— Laisse ton père finir, je t'y conduis.

Ils partirent ensemble, mon frère et mon fils, dans la lumière du crépuscule, l'un gros et mou, l'autre maigre et raide.

Après leur départ, je finis de débarrasser la table, grattai soigneusement le gril et rentrai dans la maison. Meredith avait laissé son exemplaire des *Poèmes* de Dylan Thomas sur la table. Je m'en emparai, allai jusqu'à mon fauteuil et allumai la lampe col-de-cygne. Puis j'ouvris le livre et y cherchai le poème dont elle avait parlé à table. Je le trouvai difficile à lire, mais profond.

Quand le téléphone sonna un peu plus tard, je m'étais assoupi dans mon fauteuil.

— Ce n'est pas la peine que tu viennes me chercher, m'annonça mon fils. Je vais rester un peu dehors. J'irai peut-être retrouver quelques amis.

Je n'avais jamais vu Keith avec le moindre ami. C'était un enfant tellement solitaire que je jugeai cette nouvelle plus qu'encourageante.

— Et à quelle heure tu rentres ?

— Je ne sais pas… Avant minuit. D'accord ?

— D'accord, mais pas plus tard. Sinon, ta mère va s'inquiéter.

— D'accord, papa.

Je raccrochai et je retournai à mon fauteuil, mais ne repris pas ma lecture. Je n'avais jamais été très amateur de poésie, préférant de loin les ouvrages scientifiques. J'entamai donc le récit d'une tribu africaine déplacée de force : cultivateurs de père en fils, les hommes avaient dû tout à coup se contenter d'une terre rocailleuse et inhospitalière. À mesure que la situation de la tribu s'aggravait, elle perdait foi en sa religion et ses institutions. Les coutumes et les rapports sociaux, qui faisaient le ciment du clan, finissaient par s'effriter. L'ouvrage concluait sur la fragilité de la nature humaine, affirmait que l'homme n'est qu'un être de besoins, et que nos racines, même les plus profondes, peuvent toujours disparaître dans les sables mouvants.

Je terminais ma lecture quand Meredith rentra.

Elle sembla étonnée que je ne sois pas encore couché.

— Keith a téléphoné, dis-je. Il sera de retour plus tard.

Meredith posa son sac sur le canapé et retira ses chaussures.

— Les Giordano prolongent leur soirée, je suppose, dit-elle.

— Non, il n'est plus chez eux à l'heure qu'il est. Il m'a dit qu'il allait voir des amis.

Meredith eut l'air étonné.

— Quelle bonne nouvelle ! En tout cas, ça le serait, si c'était vrai.

Je trouvai sa remarque injuste.

— Si c'était vrai ? répétai-je. Et pourquoi ça ne serait pas vrai ?

Meredith s'approcha de moi et posa la main sur mon visage avec un regard compatissant, comme si elle devait expliquer la vie à un petit garçon un peu niais.

— Parce que les gens mentent, Eric.

— Mais que ferait-il à cette heure, sinon traîner avec des amis ?

Elle haussa les épaules.

— Je ne sais pas, moi, acheter de la drogue, par exemple. Ou bien épier une femme nue par la fenêtre, dit-elle d'un ton léger.

Puis elle éclata de rire, et moi aussi, tant l'idée de notre fils en train d'observer une femme nous semblait ridicule. Il paraissait si loin de ce genre de préoccupations.

— Je lui ai demandé de rentrer à minuit.

Elle me tendit la main.

— Allons nous coucher, proposa-t-elle.

D'habitude, Meredith avait du mal à trouver le sommeil, mais, ce soir-là, elle s'endormit sur-le-champ, comme épuisée par une longue journée de travail. Je l'observai un moment, heureux qu'elle soit si intelligente et si belle, heureux de la vie que nous menions. À l'époque, beaucoup de nos amis avaient déjà divorcé, et les autres couples ne semblaient guère mieux lotis, pleins d'indifférence ou d'agacement l'un envers l'autre, ayant tout oublié du bonheur de leurs débuts.

Meredith et moi nous étions connus pendant sa dernière année de fac. Nous nous étions fréquentés six mois, puis nous nous étions mariés. Nous avions vécu un temps à Boston, où elle était devenue secrétaire dans une école tandis que je travaillais pour un laboratoire pharmaceutique. Nous détestions tous deux notre vie et, quelques mois après la naissance de Keith, nous avions décidé de déménager à Wesley. Nous avions obtenu un prêt et acheté le magasin de photo. Meredith était restée auprès de Keith jusqu'à ce qu'il ait sept ans, puis elle avait trouvé un premier remplacement à l'école. À mesure que notre fils grandissait, elle avait travaillé de plus en plus. Elle s'était débarrassée de son statut de mère au foyer comme d'une vieille peau, ce qui l'avait fait rajeunir et s'épanouir, me semblait-il, si bien que, ce soir-là, je ne fus pas surpris de la voir sourire dans son sommeil.

J'observais toujours son sourire quand j'entendis une voiture faire halte dans l'allée. Je me redressai pour jeter un coup d'œil par la fenêtre. La voiture repartait déjà. Le faisceau de ses phares balayait les buissons avec une grâce fantomatique. Quelques secondes plus tard, je vis Keith remonter le sentier d'un pas lent, tête baissée comme s'il luttait contre un vent hostile.

Il disparut de mon champ de vision. J'entendis le cliquetis de la porte d'entrée et ses pas dans l'escalier, puis dans le couloir qui menait aux chambres.

Il ouvrait sa porte à l'instant où je sortais sur le seuil de la mienne.

— Bonsoir, dis-je.

Il resta devant sa porte, curieusement raide.

— Tu as passé une bonne soirée avec tes amis ? demandai-je d'un ton léger.

— Oui.

Alors qu'il se tournait vers moi, je vis qu'un pan de sa chemise était sorti de son pantalon.

— Je peux aller me coucher, maintenant ? demanda-t-il avec ce ton impatient typique de l'adolescence.

— Oui. Je voulais juste m'assurer que tu allais bien.

Il entra rapidement dans sa chambre, si bien que je restai seul dans le couloir faiblement éclairé.

J'allai me recoucher, à présent parfaitement réveillé, étrangement mal à l'aise, incapable de chasser le doute qui venait de surgir dans mon esprit. Ce doute minait tout à coup mes certitudes, comme si sous les fondations de ma vie je sentais la terre trembler.

3

Le lendemain matin, Meredith préparait déjà le petit déjeuner quand j'apparus à la cuisine.

— Bonjour, monsieur le loir, dit-elle d'un ton joyeux.

La pièce sentait bon le bacon et le café frais, des odeurs qui caractérisaient la vie de famille aussi sûrement qu'une eau de Cologne entêtante désigne un goujat.

— Tu as de l'énergie à revendre, ce matin, m'étonnai-je.

Meredith posa une tranche de bacon sur du papier absorbant.

— Je me suis réveillée avec une faim de loup. Cela ne t'arrive jamais, de te réveiller avec une faim de loup?

Sans savoir pourquoi, je sentis une pointe d'accusation dans sa voix, comme si mon manque d'appétit matinal était révélateur de failles plus importantes. Manquais-je d'ambition? De passion? N'aurais-je pas assez de désirs à son goût?

Elle s'empara de la tranche de bacon et mordit dedans d'un air goulu. Puis elle continua à la dévorer à petits coups de dents, comme un prédateur. Je l'entendais presque grogner de plaisir.

Et si j'avais imaginé cette scène ? Je me le demande maintenant. Et si j'avais tout inventé ? Comment échapper à l'étrange pressentiment que l'on ne connaît pas vraiment la personne dont on partage la vie, que toutes nos tentatives pour la comprendre ne vont jamais au-delà de la surface ?

Je m'installai à table, attrapai le journal local et jetai un coup d'œil aux gros titres sur le vote du budget municipal.

— Keith est rentré tard, hier, déclarai-je en tournant les pages avec nonchalance, à la recherche de la publicité dont j'avais passé commande trois jours plus tôt. Vers minuit, je crois.

Meredith apporta le café et nous servit deux tasses fumantes.

— Je l'ai entendu rentrer, repris-je. Toi, tu dormais déjà comme une souche.

Elle s'assit, prit une gorgée de café puis rejeta ses cheveux en arrière.

— Belle matinée, déclara-t-elle.

Puis elle éclata de rire.

— Qu'est-ce qu'il y a de drôle ? demandai-je.

— Oh, juste une blague idiote que Mr May nous a racontée hier soir à la réunion.

— Laquelle ?

Elle chassa ma question avec un geste de la main :

— Je ne pense pas que tu trouverais ça drôle.

— Pourquoi ?

— Parce qu'elle est idiote, Eric. Tu n'appré-
cierais pas.

— Essaie toujours.

Elle haussa les épaules.

— Ce n'était pas vraiment une blague. C'était
une citation. De Lenny Bruce, tu sais, le comique.
Selon lui, la différence entre un homme et une
femme, c'est que, si une femme s'écrase sur une
vitrine, tu peux être sûr qu'à cet instant, elle ne
pense pas au sexe.

— Mr May raconte des trucs comme ça?
demandai-je, surpris. Mr May avec ses grosses
lunettes, sa veste en tweed et sa pipe en écume
de mer?

Meredith prit une nouvelle gorgée de café.

— En personne.

Je repliai le journal et le posai sur la table.

— Je m'étonne même qu'il ait jamais entendu
parler de Lenny Bruce.

Meredith attrapa une seconde tranche de
bacon.

— L'habit ne fait pas toujours le moine.

— En ce qui me concerne, si, dis-je en étirant
les bras. Je ne trompe pas mon monde, moi.

Elle ouvrit la bouche, se ravisa et dit finalement :

— En effet, Eric. Tu ne trompes pas ton monde.

J'eus tout à coup le sentiment qu'elle me
reprochait d'être trop lisse, trop simple, trop
transparent. Je repensai à mon père, cet homme
mystérieux qui alternait absences inexpliquées
et retours imprévisibles au sein de notre famille,
à sa chaise vide à la table du dîner, et au regard

de ma mère quand elle s'arrêtait un instant sur ce siège déserté. Je croisai les bras.

— Et ce n'est pas bien ? demandai-je.

— Qu'est-ce qui n'est pas bien ?

— De ne pas tromper son monde ? Au moins, tu n'as pas peur de moi.

— Peur de toi ?

— Peur que je me métamorphose. Que je devienne un assassin, par exemple. Que je me transforme en un type qui rentre un soir du boulot et massacre sa famille.

Meredith eut l'air troublé.

— Ne dis pas n'importe quoi, Eric.

Elle détourna la tête un instant, puis me lança un regard inquiet, comme si, tout à coup, elle voyait en moi une bête dangereuse.

— Je voulais juste dire que, si tout le monde passait son temps à tromper tout le monde, on ne pourrait jamais faire confiance à personne, et la société finirait par s'écrouler, tu ne crois pas ? conclus-je.

Elle réfléchit à ces paroles, mais garda ses conclusions pour elle. Elle s'approcha de l'évier et observa tour à tour par la fenêtre les arbustes, la table de pique-nique, le gril, puis la mangeoire pour oiseaux suspendue dans un pin.

— L'hiver approche. Je déteste l'hiver, lança-t-elle.

— Tu détestes l'hiver ? Je croyais qu'au contraire, tu adorais cette saison ! Avec un bon livre au coin du feu.

Elle leva les yeux vers moi.

— Tu as raison. C'est l'automne que je déteste.

— Pourquoi ?

Elle se tourna vers la fenêtre et porta la main droite à sa gorge. On aurait dit un oiseau qui s'envolait.

— Je ne sais pas. Peut-être à cause de toutes ces feuilles qui tombent.

En effet, les feuilles commençaient à tomber, remarquai-je alors que je me dirigeais quelques instants plus tard vers ma voiture garée dans l'allée. Le sol était jonché de grandes feuilles jaunes couvertes de taches marron comme de minuscules tumeurs.

C'est sans doute pour ça que je pensai à Jenny ce matin-là. Je tentais d'imaginer le couperet qui s'était abattu sur mes parents quand le médecin leur avait annoncé que leur fille était atteinte d'un cancer. À moins qu'ils n'aient ressenti comme une vague glacée. En tout cas, la nouvelle avait anéanti tout espoir de bonheur familial. Jenny, leur petite fille si brillante et si prometteuse, allait mourir. Elle n'atteindrait jamais l'adolescence, ne jouerait jamais dans la pièce de théâtre du lycée, ne se verrait jamais remettre son diplôme, ne partirait pas à la fac, ni ne se marierait, ni n'aurait d'enfants. C'est sans doute à ça qu'ils pensaient : la vie qu'ils avaient souhaitée pour Jenny venait de se réduire à une fumée âcre.

Je me glissais au volant de ma voiture quand je vis Meredith à la porte qui me faisait signe de revenir.

— Qu'est-ce qu'il y a ? demandai-je.

Elle continua d'agiter le bras sans répondre. Je refermai ma portière et me dirigeai vers la maison.

— C'est Vince Giordano, dit-elle en désignant le téléphone de la cuisine. Il veut te parler.

Je lui lançai un regard intrigué et attrapai le combiné.

— Allô, Vince ?

— Eric, lâcha-t-il brutalement. Je ne voulais pas inquiéter Meredith, mais je dois savoir si tu as vu Keith ce matin.

— Pas encore. En général, le week-end, il fait la grasse matinée.

— Mais il est là ? Il est rentré hier soir ?

— Oui.

— À quelle heure ?

J'eus tout à coup l'impression que ma réponse prenait une importance démesurée.

— Vers minuit, je crois.

Il y eut un bref silence, puis Vince m'annonça :

— Amy a disparu.

J'attendis qu'il complète sa phrase, qu'il me dise quand et comment sa fille avait bien pu disparaître, et en quoi Keith pouvait lui être utile. Il reprit :

— Elle n'était pas dans sa chambre ce matin. On a attendu un bon moment qu'elle se lève, et comme elle ne descendait toujours pas, nous sommes allés voir, et… elle avait disparu.

Je me souviendrais par la suite des paroles de Vince comme d'un glas qui résonnait dans le lointain. L'air se fit subitement plus lourd autour de moi. Il continua :

— On l'a cherchée partout. Dans la maison. Dans le quartier. Elle n'est nulle part, alors je me disais que peut-être Keith…

— Je vais le réveiller, et je te rappelle tout de suite.

— Merci, dit doucement Vince. Merci beaucoup.

Je raccrochai et levai les yeux vers Meredith. En découvrant l'expression sur mon visage, elle eut l'air affolé.

— C'est Amy, expliquai-je. Elle a disparu. Elle n'était pas dans sa chambre ce matin. Ils l'ont cherchée partout, sans succès pour l'instant.

— Oh non, souffla Meredith.

— Il faut qu'on parle à Keith.

Je montai à l'étage avec Meredith et frappai à la porte de Keith. Pas de réponse. Je frappai à nouveau en l'appelant. Comme il ne répondait toujours pas, j'essayai d'ouvrir la porte qui, comme d'habitude, était verrouillée. Je frappai, cette fois beaucoup plus fort.

— Keith, lève-toi, c'est important !

J'entendis un grognement, puis des pas près de la porte.

— Qu'est-ce qu'il y a ? râla-t-il derrière le battant.

— C'est au sujet d'Amy Giordano, dis-je. Son père vient d'appeler. Elle a disparu.

La porte s'entrouvrit et un œil morne me regarda comme une pieuvre tapie au fond de l'océan.

— Disparu ? répéta Keith.

— C'est ce que je viens de te dire.

Meredith s'approcha de la porte.

— Habille-toi et rejoins-nous, Keith, ordonna-t-elle de sa voix de prof. Dépêche-toi.

Je redescendis dans la cuisine avec Meredith pour attendre notre fils.

— Peut-être qu'elle est partie se promener, avançai-je.

Meredith me lança un regard inquiet.

— S'il est arrivé quelque chose à Amy, Keith sera le suspect numéro un.

— Meredith, il n'y a pas…

— On devrait peut-être appeler Leo.

— Leo ? Non. Keith n'a aucun besoin d'un avocat.

— Oui, mais…

— Meredith, on va se contenter de poser quelques questions à Keith. Quand a-t-il vu Amy pour la dernière fois ? Est-ce qu'elle avait l'air d'aller bien ? Ensuite, je rappellerai Vince et je lui répéterai ce que Keith nous a dit. D'accord ?

Je lui lançai un regard lourd de sens. Elle hocha la tête d'un air crispé.

— D'accord.

Keith descendit en traînant les pieds et en se grattant la tête, à peine plus réveillé.

— Qu'est-ce que tu disais sur Amy ? demanda-t-il en s'affalant sur une chaise de la cuisine.

— Qu'elle a disparu, annonçai-je.

Keith se frotta les yeux avec ses poings.

— C'est dingue, dit-il avec un petit grognement.

Meredith se pencha vers lui et dit d'une voix ferme :

— Keith, c'est très sérieux. Où était Amy quand tu es parti de chez les Giordano hier soir ?

— Dans sa chambre, répondit Keith, tout à coup plus alerte. Je lui ai lu une histoire, et puis je suis allé regarder la télé au salon.

— À quelle heure lui as-tu lu cette histoire ?

— Vers huit heures et demie, je crois.

— Pas de « je crois », lâcha sèchement Meredith. Sois précis, Keith.

Pour la première fois, Keith sembla mesurer la situation.

— Elle a vraiment disparu ? demanda-t-il, comme si tout ce qui avait été dit jusqu'à présent n'était qu'une plaisanterie.

— Qu'est-ce qu'on vient de t'expliquer, Keith ? fit Meredith.

— Écoute, repris-je. Je veux que tu réfléchisses bien, parce que je dois appeler Mr Giordano et lui répéter tout ce que tu m'as raconté. Alors, comme dit ta mère, Keith, pas de « je crois ».

Il acquiesça. Je vis qu'il avait enfin pris conscience de la gravité de la situation.

— Oui.

— Très bien. Tu n'as pas revu Amy après lui avoir lu cette histoire, n'est-ce pas ?

— Non.

— Tu en es sûr ?

— Oui, dit Keith dont le regard dériva vers Meredith. Je ne l'ai pas revue.

— Et tu n'as rien vu d'autre ? demandai-je.

— Qu'est-ce que tu veux dire par là ?

— Quelque chose d'anormal.

— Tu veux dire, si elle m'a semblé bizarre, ou…

— Étrange. Perturbée. Triste. Aurait-elle pu avoir envie de fuguer ? Y a-t-il une raison de penser à ça ?

— Non.

— Et dehors ? As-tu vu quelqu'un autour de la maison ? Un rôdeur ?

Keith fit signe que non.

— Je n'ai rien vu, papa.

Ses yeux se tournèrent vers Meredith. Je compris qu'il était inquiet.

— Je vais avoir des ennuis ?

Meredith se plaqua contre le dossier de sa chaise, une attitude qu'elle adoptait lorsqu'elle n'avait pas envie de répondre à une question.

Keith ne quittait pas sa mère des yeux.

— Je vais devoir aller chez les flics ?

Meredith haussa les épaules.

— Cela dépend, j'imagine.

— De quoi ?

Meredith ne répondit pas.

Keith me regarda.

— De quoi, papa ?

Je lui fournis la seule réponse qui me vint à l'esprit :

— De ce qui est arrivé à Amy, je suppose.

4

Plus tard, je tentai de saisir la nature du malaise que j'avais ressenti dans ces premières minutes. Me revinrent en mémoire le coup de téléphone de Vince, puis Meredith et moi montant l'escalier pour réveiller Keith avant de revenir à la cuisine. J'essayai de me souvenir si j'avais entendu quelque chose dans cet intervalle autrement silencieux, un insecte ou le goutte-à-goutte d'un robinet. Maintenant, je sais quel gouffre s'ouvrait à cet instant sous la vie paisible que nous avions menée jusque-là.

Mais qu'est-ce que je savais, à ce moment-là ? La réponse est simple : rien. Et que fait-on lorsqu'on ne sait rien ? On poursuit sa route, parce qu'il n'y a pas d'autre solution, qu'on ignore à quel point on progresse en terrain miné, et combien l'épilogue sera dramatique.

Keith repartit dans sa chambre, et j'appelai Vince Giordano afin de lui répéter mot pour mot ce que mon fils m'avait dit, avec l'espoir que l'affaire s'arrête là en ce qui concernait notre petite famille. L'espoir que, quel que soit le sort d'Amy Giordano, même si son sang avait été versé, nous n'en serions en rien entachés.

— Je suis désolé, Vince, lui dis-je. J'aurais aimé t'être plus utile, mais Keith ignore tout simplement où se trouve Amy.

Au bout d'un silence, Vince répondit :

— Eric, il faut que je te demande quelque chose.

— Tout ce que tu veux.

— Est-ce que Keith a quitté la maison pendant qu'il gardait Amy ?

Je n'en avais pas la moindre idée, et pourtant, j'éprouvai le besoin urgent de dire quelque chose. Je lui fournis la réponse que, du fond de mon cœur, je souhaitais exacte :

— Je suis certain que non, affirmai-je.

— Tu veux bien aller le lui demander ? dit Vince, d'une voix suppliante. Car, vraiment, on ne comprend pas ce qui a pu se passer.

— Bien sûr.

— Demande-lui juste s'il a laissé Amy toute seule, même une minute, répéta Vince.

— Je te rappelle tout de suite, dis-je, puis je raccrochai et montai l'escalier, laissant Meredith de plus en plus inquiète à la table de la cuisine.

La porte de Keith était fermée, mais il l'entrouvrit dès que je frappai. Je ne vis que l'un de ses yeux par l'interstice.

— Mr Giordano voudrait savoir si tu es sorti de chez eux hier soir, annonçai-je.

En guise de réponse, l'œil cligna lentement, comme un rideau qui s'abaisse et se relève.

— Alors ?

— Non, répondit Keith.

C'était un non ferme, mais Keith avait tardé à répondre. À moins que ce silence ne soit justement calculé ?

— Tu en es sûr, Keith ?

Cette fois, il répondit sans hésiter :

— Oui.

— Absolument sûr ? Parce que je dois transmettre ta réponse à Mr Giordano.

— Je ne suis pas sorti de la maison, affirma Keith.

— Si tu l'as fait, Keith, ce n'est pas très grave, tu sais... Ce n'est pas comme si...

— Comme si quoi, papa ? demanda-t-il d'un ton presque agressif.

— Tu vois ce que je veux dire.

— Comme si... je l'avais tuée ? demanda Keith. Ou emmenée quelque part ?

— Je n'imagine pas que tu aies fait du mal à Amy Giordano, si c'est ce que tu sous-entends, déclarai-je.

— Vraiment ? répliqua Keith d'un ton irrité. C'est pourtant l'impression que tu donnes. Maman aussi. On dirait que, tous les deux, vous me croyez coupable.

— C'est peut-être l'impression que tu as, Keith, rétorquai-je, tout à coup sur la défensive. En réalité, j'ai dit à Mr Giordano, avant même de monter te voir, que tu n'étais pas sorti de chez lui.

Keith n'eut pas l'air de me croire.

— Et maintenant, je dois le rappeler, déclarai-je en me tournant vers l'escalier.

La porte de Keith claqua derrière moi avec la violence d'une gifle.

Quand je rappelai, ce fut Karen Giordano qui décrocha.

— Karen, c'est Eric Moore.

— Ah, Eric, bonjour, dit Karen avec un reniflement qui me fit deviner qu'elle pleurait.

— Il y a du nouveau ?

— Non, répondit-elle d'une voix morne. Nous ignorons où elle se trouve.

Cette femme, d'ordinaire si gaie, était tout à coup vidée de toute sa joie de vivre. Elle reprit d'un ton plaintif :

— On a appelé tout le monde. Tous les voisins. Personne ne l'a vue.

Tout à coup, je pris conscience que l'angoisse est une forme d'humilité, une façon d'admettre son impuissance, son absence de contrôle sur la vie.

J'avais envie de lui dire que ce cauchemar allait bientôt prendre fin, qu'Amy allait surgir d'un placard ou d'un rideau en criant « Poisson d'avril ! » ou une bêtise de ce genre. Mais j'avais trop souvent regardé le journal télévisé pour y croire vraiment. Les petites filles disparaissaient souvent pour de bon, et quand on les retrouvait, c'était presque toujours trop tard. Néanmoins, on ne pouvait s'empêcher d'espérer.

— Est-ce que tu penses qu'elle aurait pu vouloir... vous... dire quelque chose ?

— Nous dire quelque chose ? répéta Karen.

— Vous lancer un appel au secours, précisai-je, tout en me disant que c'était stupide. Peut-être qu'elle a voulu vous faire peur et qu'elle a…

— Fugué ? compléta Karen.

— Par exemple. Les enfants sont capables des gestes les plus incompréhensibles.

À l'instant où Karen allait répondre, Vince prit la communication.

— Qu'est-ce que Keith a dit ? me demanda-t-il d'un ton pressant.

— Qu'il n'était pas sorti de la maison.

Vince laissa échapper un soupir.

— Dans ce cas, je vais devoir appeler la police, Eric.

— Bien, répondis-je.

Il y eut un silence, comme si Vince nous laissait, à moi et à mon fils, une dernière chance. « Et voilà, pensai-je, il croit que mon fils a porté atteinte à la vie de sa fille, et je ne peux pas le convaincre du contraire. Quoi que je dise, il pensera que mes paroles sont dictées par mon désir de protéger Keith. Hier encore, j'étais pour lui un voisin, un commerçant comme lui dans une petite ville agréable, quelqu'un à qui il disait bonjour et souriait. Désormais, je suis un complice du crime supposé de mon fils. »

— Je pense en effet qu'il faut appeler la police, Vince.

Je le sentis désarçonné par ma réponse, comme s'il croyait que j'allais tenter de l'en dissuader.

— Ils vont vouloir interroger Keith, me prévint Vince.

— Je suis certain qu'il n'y verra aucun inconvénient.

— Très bien, dit-il, tel un homme contraint de faire ce qu'il redoute.

— Vince, si je peux t'être utile en quoi que ce soit...

— Oui, m'interrompit-il. Je te tiens au courant.

Il raccrocha.

— Il s'est contenté de dire ça ? demanda Meredith en m'accompagnant à la voiture quelques minutes plus tard. Qu'il te tenait au courant ?

Nous passions sous l'érable du Japon. Une douce lumière rose filtrait à travers ses feuilles.

— N'oublie pas qu'il a dit qu'il appelait la police.

— Il pense que Keith est coupable.

— Sans doute, admis-je.

Meredith garda le silence jusqu'à la voiture. Puis elle reprit :

— J'ai peur, Eric.

Je lui caressai le visage.

— Ne nous emballons pas. Il n'y a aucune preuve de...

— Tu es sûr de ne pas vouloir appeler Leo ?

— Pas pour le moment.

J'ouvris la portière et me glissai au volant, mais je ne mis pas le contact. Je descendis la vitre pour observer mon épouse d'un air qui me semblerait par la suite terriblement nostalgique, comme si elle était déjà en train de s'éloigner de moi. C'était le début de la fin. Tout ce que nous avions partagé, les meilleures années de notre vie, semblaient tout à coup en équilibre précaire. Nous avions considéré notre bonheur comme un acquis, croyant à tort que la seule séparation viendrait de la mort, laquelle nous paraissait encore si lointaine. Et pourtant, en dépit de ces pressentiments, je lui dis :

— Tout va s'arranger, Meredith. Je te le promets.

Je vis bien qu'elle ne me croyait pas, mais Meredith était coutumière du fait. Elle avait toujours été d'un naturel soucieux, préoccupée par nos revenus insuffisants avant même que l'argent devienne un problème, ou bien guettant le moindre petit écart de conduite de Keith afin de redresser la barre sur-le-champ. Je jouais quant à moi le rôle de l'optimiste, celui qui voyait les choses du bon côté, un contrepoids que j'avais toujours jugé nécessaire.

— Ne voyons pas tout en noir, insistai-je. Même s'il est arrivé quelque chose à Amy, nous n'y sommes pour rien.

— C'est inutile, dit Meredith.

— Bien sûr que non.

— C'est inutile, parce que, dans ce genre de drame, dès que la police se met à poser des questions…

— Mais Keith n'a pas quitté la maison jusqu'au retour des Giordano, lui rappelai-je. Donc, les questions de la police, ce n'est pas un problème. Il aura les réponses.

Elle prit une grande bouffée d'air.

— Très bien, Eric, dit-elle avec un pâle sourire. Si tu le dis.

Elle repartit vers la maison tandis qu'un vent froid balayait la pelouse et soulevait les feuilles mortes que j'avais observées une heure plus tôt. Tout à coup, elles s'élevèrent en tourbillon sous la fenêtre de Keith, qui se tenait derrière sa vitre. Il me regardait d'un air plein de ressentiment, comme si je n'étais plus son père, ni son protecteur, ni son bienfaiteur, mais un individu faisant partie de la foule qui allait bientôt réclamer sa tête.

— Bonjour, me dit Neil quand j'arrivai à la boutique.

Il était presque neuf heures. Neil avait déjà mis les machines en route et rangé le stock. Méthodique et fiable, c'était l'employé idéal, d'autant que son ambition se limitait à travailler chez moi pour un salaire de misère qui lui permettait à peine de se payer quelques petits plaisirs. Deux fois par an, il allait à New York assister à quatre ou cinq spectacles de Broadway, en général ces grandes comédies musicales à paillettes qui le faisaient rêver. Il descendait dans un petit hôtel de Chelsea et mangeait dans la rue, économisant jusqu'au dernier soir, où il s'offrait un restaurant italien. Il revenait en général avec une boule de neige en plastique pour sa collection de souvenirs. Un moment, il avait eu pour compagnon un certain Gordon, un type rond et barbu qui interprétait de petits rôles dans des représentations locales. Au cours des deux ans de leur vie commune, Neil avait vogué au gré des changements d'humeur de Gordon, qui passait de l'excitation à la morosité. Ils avaient fini par rompre, et depuis, Neil habitait avec sa mère souffrante une petite maison située dans l'une des dernières rues en terre battue de la ville. Il semblait s'en accommoder parfaitement, puisque, comme il m'avait dit, « le reste demanderait trop d'effort ».

— Vous êtes en retard, patron, me fit remarquer Neil.

Je baissai les yeux. Il inclina la tête vers la droite.

— Des soucis, on dirait.

— En effet.

— Cela ira mieux quand l'argent commencera à rentrer dans la caisse. Au fait, je ferais bien d'aller à la banque. On n'a pas beaucoup de monnaie.

Il partit quelques minutes plus tard. Tout en effectuant les tâches nécessaires à l'ouverture de la boutique : garnir les étagères, donner un coup de balai sur le trottoir, je songeai à Amy Giordano, et à Vince qui semblait bien décidé à rendre Keith responsable de la disparition de sa fille.

Mais ce genre de pensées était inutile. J'ignorais ce qui était arrivé à Amy, si elle avait fugué ou connu un destin encore plus tragique. Je me réfugiai donc dans ma tanière, comme chaque fois que je voulais éviter de songer à nos problèmes d'argent, aux mauvaises notes de Keith ou au millier d'autres petits tracas quotidiens.

Ma tanière était située dans l'arrière-boutique : juste une table en contreplaqué avec un assortiment de cadres en bois. Il n'y avait pas besoin d'être très doué pour encadrer des photos de famille. En général, les gens choisissaient la couleur du cadre en fonction de la scène : du bleu pour les photos à la mer, du vert et du rouge pour les week-ends en forêt, du doré ou de l'argenté pour les couchers de soleil, et du blanc pour l'observation des baleines.

Encadrer ces scènes souriantes et bucoliques me détendait toujours. Mais un cadre reste un cadre, la vie qu'il enferme est statique et sans futur. La vraie vie, c'est autre chose.

Le téléphone sonna. C'était Meredith.

— Eric, rentre à la maison.

— Pourquoi ?

— Ils sont là.

5

Il y avait deux policiers en costume sombre, Kraus, un type grand avec un visage de faucon, et Peak, petit et trapu. Ils étaient assis dans le salon quand j'arrivai. Tous deux se levèrent avec un sourire aimable.

— Je crois savoir, commença Kraus, que Mr Giordano vous a appelé ce matin ?

— Oui.

Nous étions tous debout. Kraus m'observait de ses petits yeux renfoncés ; un peu à ma gauche, Peak s'intéressait, du moins en apparence, à une photo de Keith que j'avais prise quatre ans plus tôt devant son projet de sciences de sixième : un plâtre du corps humain avec le cœur en rouge, les poumons en bleu et le foie en marron.

— Amy n'a toujours pas été retrouvée, déclara Kraus.

— Je suis désolé de l'apprendre.

Peak se détourna brusquement de la photo.

— Il s'intéresse beaucoup à l'anatomie ? demanda-t-il.

— À l'anatomie ?

— C'est un projet que votre fils a réalisé en sciences, n'est-ce pas ? Sur la photo. Les organes.

— Oui.

— Donc, cela intéresse votre fils ?

— Pas vraiment.

Le sourire de Kraus était forcé.

— Dans ce cas, pourquoi a-t-il choisi ce projet ?

— Parce qu'il était facile, répondis-je.

— Facile ?

— Les autres élèves avaient fait des projets bien plus élaborés.

— Keith n'est donc pas un très bon élève ?

— Non.

— Comment le décririez-vous ?

— Keith ? C'est un adolescent. Un peu étrange, peut-être.

— En quoi est-il étrange ?

— Il n'est pas spécialement étrange, corrigeai-je aussitôt. Il est réservé, c'est tout.

Kraus lança un regard à Peak et lui fit un discret signe de tête.

— Il n'y a aucune raison de vous inquiéter, dit Peak.

— Je ne m'inquiète pas, répliquai-je.

Les deux hommes échangèrent un regard.

— J'imagine que vous voulez parler à Keith, ajoutai-je d'une voix que je souhaitais ferme et confiante, celle d'un père qui ne doute pas un instant de son fils.

Je voulais les convaincre que rien n'avait pu échapper à mon attention – que j'inspectais régulièrement le placard et les tiroirs de Keith, que je vérifiais qu'il ne sentait pas la cigarette ou toute autre odeur suspecte quand il rentrait le soir et que je le conduisais régulièrement chez le médecin pour un test antidrogue. Que je contrôlais les livres qu'il lisait, la musique qu'il écoutait, les sites qu'il visitait sur Internet ; que j'avais enquêté sur les amis avec qui il traînait, bref, que seul Dieu pouvait en savoir davantage que moi sur mon fils.

— En effet, dit Kraus.

— Je monte le chercher.

— Il n'est pas là, glissa rapidement Meredith.

Je lui lançai un regard étonné.

— Où est-il ?

— Parti se promener.

Avant que je puisse ajouter quelque chose, Kraus demanda :

— Et où va-t-il se promener ?

Sans que je sache pourquoi, Meredith répéta presque mot pour mot sa question :

— Où va-t-il se promener ?

Peak regarda par la baie vitrée qui donnait sur la forêt derrière la maison.

— Par ici, il n'y a que les bois, c'est bien ça ? Pas de maisons. Pas de routes.

— Oui, il n'y a que les bois, dis-je. C'est inconstructible.

— Par conséquent, très isolé, dit Peak en se tournant vers Meredith. Est-ce là que Keith va faire ses promenades, dans les bois ?

Cette expression, « ses promenades », prit tout à coup une connotation négative. J'imaginai Peak et Kraus à la recherche d'une silhouette tapie dans les buissons en train de creuser la terre humide pour enterrer un objet l'accusant du meurtre d'Amy Giordano, une mèche de cheveux tachés de sang, par exemple.

— Non, ce n'est pas là qu'il va se promener, déclarai-je aussitôt. C'est impossible. La forêt est trop dense, et il n'y a pas de sentiers.

Les yeux de Kraus dérivèrent sur mon épouse. Il la fixa avec une intensité troublante.

— Et où est-il ?

— Sur le terrain de base-ball, répondit Meredith. Quand il part se promener, en général, il va au terrain de base-ball.

— Il fait l'aller et retour à pied, c'est ça ? demanda Peak.

Meredith fit un petit signe de tête, et j'espérai que ça en resterait là, mais Kraus insista :

— Quand va-t-il faire ses promenades ? Le matin ?

— Non, répondit Meredith. L'après-midi, en général. Ou après dîner.

— Donc jamais le matin, en conclut Kraus. Sauf ce matin, n'est-ce pas ?

À nouveau, Meredith hocha faiblement la tête, comme quelqu'un qui donne son assentiment à regret.

— J'ai remarqué un vélo au bout de l'allée, dit Peak. Il appartient à Keith ?

— Oui, répondis-je. Il s'en sert pour faire les livraisons pour ma boutique après l'école.

— Et où fait-il ces livraisons ?

— Partout où il peut se rendre en vélo.

— Et où se trouve votre boutique, Mr Moore ? demanda Peak.

— À Dalton Square.

— Et que Keith livre-t-il ?

— Des photos. Des photos de famille, le plus souvent.

— Des photos de famille, répéta Peak avec un petit sourire. J'en possède moi-même quelques-unes.

Kraus bascula d'un pied sur l'autre, comme un boxeur qui se prépare à lancer une nouvelle attaque.

— Depuis quand livre-t-il ces photos ?

À nouveau, « ces photos » sonna comme une accusation. Mais j'ignorais si le ton de Kraus s'appliquait à Keith ou à moi-même.

— Depuis deux ans, répondis-je. Cela n'a rien d'illégal, n'est-ce pas ?

— D'illégal ? répéta Peak avec un petit rire. Non, bien sûr que non, Mr Moore. (Il regarda Kraus, puis se tourna vers moi.) Pourquoi posez-vous cette question ?

Avant que je puisse répondre, Meredith lança :

— Je vais le chercher, si vous voulez.

Peak jeta un coup d'œil à sa montre.

— Non, nous y allons. De toute façon, le terrain de base-ball est sur le chemin du poste de police...

— Non ! m'écria-je. Laissez-moi y aller.

Tous deux me dévisagèrent dans un silence de pierre.

— Vous allez lui faire peur, expliquai-je.

— Et pourquoi allons-nous lui faire peur ? demanda Kraus.

— Deux inconnus qui veulent lui parler.

— Il est du genre craintif, votre fils ? demanda Peak.

Je n'y avais jamais pensé en ces termes, mais, en effet, Keith était du genre craintif. Il craignait de décevoir Meredith par ses mauvais résultats scolaires, il craignait que je ne lui reproche de ne pas avoir de petite amie. Il craignait de ne pas être admis dans une bonne université, et de ne jamais découvrir ce qu'il voulait faire de sa vie. Il n'avait pas d'amis, et je supposais que ça aussi, ça lui faisait peur. Si on passait les aspects de sa vie en revue, Keith semblait avoir peur de tout, si bien qu'il vivait replié sur lui-même. Et pourtant, je dis :

— Non, je ne pense pas que Keith soit spécialement peureux. Mais deux policiers qui vous abordent, cela ferait peur à n'importe qui, vous ne croyez pas ?

À nouveau, Kraus et Peak échangèrent un regard, et Peak dit d'un ton de regret :

— D'accord, Mr Moore, vous pouvez aller le chercher. Il n'y a pas à avoir peur.

Je pensais trouver Keith sur Vernon Road, la route qui passait devant chez nous et allait jusqu'en ville, où elle prenait le nom de Main Street, puis serpentait sur un kilomètre jusqu'au terrain de base-ball qui se trouvait à cinq kilomètres de la maison. Mais je l'aperçus, apparemment désœuvré, dans le petit square près du centre-ville où les parents amenaient leurs jeunes enfants jouer dans le bac à sable ou monter sur le château en bois. Affalé contre la grille en fer forgé, Keith frappait le sol du bout du pied.

Il ne vit pas ma voiture arriver, et quand je sortis et traversai la pelouse, il était trop tard pour qu'il cache sa cigarette.

— Je ne savais pas que tu fumais, dis-je en arrivant à sa hauteur.

Surpris, il jeta des regards dans tous les sens, comme s'il craignait d'être cerné.

Je désignai d'un signe de tête le paquet de Marlboro qui dépassait de la poche de sa chemise.

— Depuis quand tu fumes ?

Il tira une longue bouffée de défi mais son corps se balançait d'un air gêné.

— Juste de temps en temps.

— Et aujourd'hui, c'est en quel honneur ?

Il haussa les épaules.

— Je suis sans doute un peu nerveux.

Il lâcha sa cigarette, releva le col de sa parka et, à cet instant, incarna le parfait rebelle des années cinquante.

— Cette histoire avec Amy, dis-je. Ça rend tout le monde nerveux.

— Bien sûr.

Il écrasa son mégot dans la poussière, attrapa le paquet dans sa poche de chemise, sortit une autre cigarette et l'alluma.

— C'est normal d'être nerveux, lui dis-je.

Il éteignit l'allumette en lançant :

— Ah, ouais ?

— Moi aussi, je le serais, dans ton cas.

— Mais il y a une différence, papa. (Il prit une longue bouffée de cigarette et recracha un jet de fumée qui me manqua de peu.) C'est pas toi qui gardais Amy hier soir, putain !

Il n'avait jamais employé un tel terme devant moi, mais ce n'était pas le moment d'aborder un sujet aussi futile. La dernière chose dont il avait besoin, estimai-je, c'était d'un sermon.

— Je dois te ramener à la maison, annonçai-je.

Il sembla tout à coup encore plus inquiet qu'à l'instant où je l'avais surpris une cigarette à la main.

— J'ai envie de rester ici un moment, protesta-t-il.

— Non, tu dois m'accompagner, insistai-je. Il y a des policiers qui veulent te parler.

Son visage se crispa et la peur envahit ses yeux.

— Ils pensent que c'est moi le coupable, hein ?

— Le coupable de quoi ?

— De ce qui est arrivé à Amy.

— On ignore ce qui est arrivé à Amy.

— Sauf que quelqu'un a fait quelque chose. Sinon, elle n'aurait pas disparu.

— Keith, je veux que tu réfléchisses avant de répondre à ces policiers. Pèse tes mots. Et ne mens pas.

— Et pourquoi je mentirais ?

— Ne mens pas, c'est tout ce que je te demande. Parce que c'est dangereux.

Il jeta sa cigarette et l'écrasa d'un geste brusque, comme s'il tuait une bestiole sans défense.

— Je n'ai rien fait à Amy.

— Je le sais.

— Je ne suis peut-être pas quelqu'un de bien, mais je n'ai rien fait à Amy.

— Keith, fumer ne rend pas les gens mauvais.

Il eut un rire sec dont je n'aurais su donner le sens.

— T'as raison, papa.

Meredith servait du café et des biscuits à Kraus et Peak quand je réapparus avec Keith, mais, visiblement, elle n'avait pas réussi à détendre l'atmosphère.

— Voilà Keith, leur dis-je en poussant mon fils dans le salon.

Les deux inspecteurs sourirent et se levèrent pour serrer la main de Keith. Puis ils se rassirent sur le canapé vert. Keith prit place face à eux dans un fauteuil à bascule.

— Vous n'êtes pas obligée de rester, dit Peak à Meredith.

Puis il ajouta à mon intention :

— Vous non plus, Mr Moore. Il ne s'agit que d'une petite conversation. Si c'était plus grave, nous serions en train de lire ses droits à Keith. (Il lui lança un coup d'œil avec un grand sourire.) Tu sais, comme à la télé.

Keith fit un petit signe de tête.

— Je préfère rester avec mon fils, déclarai-je.

Meredith décida de se retirer dans son petit bureau à l'arrière de la maison. Nous étions donc trois hommes et un adolescent dans le salon quand l'interrogatoire commença.

Il prit fin en quelques minutes sur ce que j'avais répété à Vince Giordano, à savoir que Keith n'avait pas laissé Amy seule dans la maison, et qu'il était rentré un peu avant minuit. Je n'appris rien de plus, si ce n'est que mon fils était ensuite allé en ville à pied, qu'il avait parcouru les rues jusqu'au terrain de base-ball où il s'était assis seul dans les gradins, puis qu'il était rentré. À aucun moment de sa promenade il n'avait parlé à quelqu'un. Il m'avait appelé juste avant dix heures, déclara-t-il, pour me prévenir qu'il rentrerait plus tard que d'habitude. Je lui avais demandé s'il avait besoin qu'on vienne le chercher, et il m'avait répondu que non. Nous nous étions mis d'accord sur minuit comme heure de retour. Et il avait respecté cette heure, dit-il à Kraus et Peak. Il était rentré exactement à minuit moins sept, il le savait grâce à l'horloge de grand-père dans le hall.

En écoutant les réponses de Keith, je me détendis peu à peu. Rien de ce qu'il affirma ne me surprit, et rien ne contredit ce que je pensais.

— Ainsi, reprit Kraus, après avoir traîné sur le terrain de base-ball, tu es directement rentré chez toi ?

— Oui.

— Le terrain de base-ball n'est pas très loin de chez les Giordano, n'est-ce pas ?

— En effet.

— Est-ce que tu es repassé devant leur maison ?

— Non.

— Tu es rentré directement ici, lança Peak. Sans passer par la case départ et toucher vingt mille dollars ?

Keith ricana sans joie, un rire que je pris pour une réponse moqueuse à la référence de Peak.

Je ne fus donc pas étonné que Peak se raidisse.

— Et comment es-tu rentré ?

— À pied.

Peak continuait à ne pas le lâcher des yeux.

— À pied ?

— Oui, dit Keith.

— Tu n'as pas de voiture ? demanda Kraus.

— Non, répondit Keith. De toute façon, je n'ai pas le droit de conduire. Je n'ai que quinze ans.

— Tu fais de la conduite accompagnée ?

— Oui.

— Et comment es-tu allé chez Amy ?

— Mon oncle m'y a emmené.

Kraus sortit un calepin de la poche de sa veste.

— Et comment s'appelle ton oncle ?

Keith me regarda, comme s'il me demandait l'autorisation de répondre.

— Il s'appelle Warren, dis-je. Warren Moore.

— Où habite-t-il ?

— 1473 Barrow Street.

— Près de l'école, précisa Peak. L'école primaire.

— Oui. Ses fenêtres donnent même sur la cour.

— Où travaille-t-il ?

— Il est peintre. Il travaille à son compte, déclarai-je.

Kraus nota quelque chose dans son calepin, puis leva les yeux vers Keith.

— Alors, comme ça, ton oncle t'a emmené chez Amy, puis, quand Mr et Mrs Giordano sont rentrés, tu es parti en ville à pied. C'est bien ça ?

— Oui.

— Ensuite, tu es allé au terrain de base-ball, et puis tu es revenu ici ?

— Oui.

— À pied depuis le centre-ville ?

Keith hocha la tête.

— Tu ne t'es pas fait reconduire ? demanda Kraus.

Keith secoua la tête, et appuya ce geste d'un ferme :

— Non.

— Mais tu aurais pu appeler ton père pour qu'il vienne te chercher, n'est-ce pas ?

— Bien sûr.

— Dans ce cas, pourquoi tu ne l'as pas fait ? demanda Peak.

— Je ne l'ai pas fait, c'est tout. J'aime bien marcher.

— Même si tard ? insista Kraus.

— Oui, fit Keith en rejetant la tête en arrière et en se passant les doigts dans les cheveux. J'aime bien la nuit.

6

J'aime bien la nuit.

C'est étrange comme une remarque aussi anodine peut tout à coup prendre une tournure dramatique, et tout aussi étrange de voir les questions qu'elle soulève.

Pourquoi mon fils aimait-il la nuit ? Parce qu'elle lui apportait une certaine paix ? Parce qu'elle signifiait la fin d'une mauvaise journée à l'école ? Parce qu'elle le dérobait à la vue des autres et qu'il pouvait se glisser dans l'obscurité sous la capuche de sa parka bleue ? Aimait-il la nuit comme un saint en quête de solitude ou un rôdeur en quête d'abri ?

Tout cela n'avait aucune importance. Ce qui comptait, c'était que Keith ait passé l'épreuve de cet interrogatoire, et que l'affaire en reste là. C'était l'espoir auquel je me raccrochais en raccompagnant les deux inspecteurs à leur voiture.

Kraus se mit au volant, mais Peak resta debout à la portière du passager. Il portait un costume vert sombre qui, dans les rayons du soleil, donnait l'impression de se confondre avec les buissons.

— Mr Moore, me demanda-t-il, comment percevez-vous votre fils ?

— Comment je le perçois ?

— Dans vos rapports avec lui au quotidien ?

— Je ne comprends pas…

— Est-il digne de confiance ?

Tout à coup, je repensai au faisceau lumineux des phares la nuit précédente et me rappelai que Keith venait de dire qu'il était rentré seul à pied. Où était la vérité ? Mais, en dépit de cette discordance, j'affirmai :

— Pour ce que j'en sais, il m'a toujours dit la vérité.

Peak m'observa de près.

— Sur tout ?

— Il a sans doute menti à propos de quelques détails au fil des années. C'est un enfant. Un peu réservé, mais… (En découvrant l'intérêt subit de Peak pour mes paroles, je m'arrêtai net.) Mais normal, ajoutai-je rapidement. Un adolescent comme un autre, voilà tout.

— Oui, bien sûr.

Peak fit mine de paraître satisfait de ma réponse, mais je compris qu'il n'en pensait pas moins.

— Eh bien, merci, conclut-il. Nous vous rappellerons si nous avons d'autres questions.

Puis il s'installa sur le siège du passager et la voiture démarra.

Quand je rentrai, Meredith était en train de laver les tasses des inspecteurs avec des gestes frénétiques, comme si elle tentait d'effacer une preuve accablante.

— Eh bien, c'était plus facile que je ne le craignais, déclarai-je.

— Ils vont revenir, dit-elle.

Sa certitude m'étonna.

— Comment peux-tu en être si sûre ?

Jusque-là, elle était restée face à l'évier. Elle se tourna brusquement vers moi.

— Parce que ça ne peut pas continuer comme ça, Eric, dit-elle.

Une flamme brûlait dans ses yeux, et j'aurais juré qu'elle était alimentée par autre chose que ses craintes au sujet de Keith.

— Que veux-tu dire par là ?

— Quand la vie est parfaite, il y a toujours quelque chose qui vient la gâcher.

Meredith eut tout à coup une expression incompréhensible, de la colère mêlée à de la tristesse, comme quelqu'un qui pleure le décès d'un proche dans un accident.

— Rien n'est gâché, dis-je d'une voix réconfortante, ravi que notre vie lui ait jusqu'à présent paru parfaite. Nous ne savons même pas ce qui est arrivé à Amy.

Meredith regarda les arbres par-delà la fenêtre, ainsi que deux oiseaux qui se nourrissaient à la mangeoire.

— J'ai une terrible impression, dit-elle tout bas.

Je m'approchai d'elle et la pris dans mes bras. Son corps me parut aussi raide et fragile qu'un fagot de brindilles.

— Ne t'inquiète pas, la rassurai-je.

Elle agita la tête.

— J'ai peur, c'est tout. Peur que tout... vole en éclats.

Puis elle se dégagea de mon étreinte et se dirigea vers l'escalier. Je ne tentai pas de la rattraper, c'était inutile. Quand elle se trouvait dans cet état, Meredith préférait être seule, au moins un moment. La solitude l'apaisait. Je sortis dans le jardin m'asseoir près du barbecue. J'essayai de me convaincre de ne pas révéler à la police, ni même à Keith, que je soupçonnais ce dernier de leur avoir menti. J'ignore pourquoi j'eus cette réaction, peut-être pour éviter d'attirer davantage les soupçons sur lui, peut-être pour ne pas être moi-même interrogé, avec l'espoir qu'entretemps, Amy réapparaisse saine et sauve. Ainsi, je n'aurais pas besoin d'affronter Keith. Mais cette illusion ne pouvait durer, et j'aurais dû m'en douter. Je sais aujourd'hui qu'une partie de notre vie repose sur le déni, que pour aimer nos proches, nous nous cachons certaines choses que nous choisissons de ne pas voir.

J'étais encore là quand la voiture de Warren apparut dans l'allée et s'arrêta devant la maison.

Il en sortit et se dirigea vers moi d'un pas plus résolu que d'ordinaire, comme un taureau maladroit en train de charger.

— Je viens d'apprendre la nouvelle par la radio, dit-il dans un souffle au moment où il arrivait à ma hauteur. Ils organisent une battue. Il faut des volontaires. Toute la ville est sur le pied de guerre.

Il avait le visage rouge et un peu bouffi, comme lorsqu'il avait bu.

— Comment te sens-tu ? reprit-il.

— J'espère qu'Amy va réapparaître, c'est tout, dis-je, parce que sinon…

— N'y pense pas.

Ce conseil ne me surprenait pas. Warren avait passé sa vie à réagir de la sorte. Il avait refusé d'accepter la faillite de notre père et agi comme si notre soudaine pauvreté n'existait pas. Il m'avait encouragé à poursuivre mes études alors que nous étions ruinés. Des années plus tard, il m'avait proposé de monter avec lui une entreprise de paysagistes. Quand je lui avais demandé où il comptait trouver l'argent, il m'avait répondu : « Grâce à l'héritage de papa », alors même que notre père croupissait dans une maison de retraite minable, n'ayant plus un sou. Warren avait eu la même réaction face à la maladie de Jenny. Pendant l'agonie de notre sœur, alors qu'elle se sentait de plus en plus faible et qu'elle perdait peu à peu toutes ses facultés, Warren parlait sans cesse d'un avenir qu'elle n'aurait jamais. « Le jour où Jenny tombera amoureuse », disait-il, ou bien « quand Jenny ira au lycée ». Il ne prit réellement conscience de son état que l'après-midi de sa mort, où elle continuait à vouloir communiquer avec frénésie. Il était debout à la porte de sa chambre. Muette et paralysée, elle tentait pourtant encore de faire une dernière déclaration. Je m'étais penché pour coller mon oreille à ses lèvres, mais n'avais perçu que sa respiration fiévreuse, jusqu'à ce qu'elle sombre dans un coma dont elle n'était plus jamais sortie.

À nouveau, Warren refusait de prendre en compte une situation qui pouvait se révéler tragique.

— Je venais juste te dire que tout va s'arranger, frérot, dit-il.

C'était inutile de discuter. Je me contentai de lui répondre :

— La police est déjà venue nous voir. Keith leur a affirmé qu'il n'avait pas quitté la maison des Giordano et qu'il était rentré ici tout seul.

Warren se laissa aller dans une chaise longue près du barbecue et posa les mains sur son ventre.

— C'était normal que la police vienne, dit-il. Mais ils ne vont quand même pas imaginer que Keith est responsable de cette disparition.

Cette remarque était à nouveau d'un optimisme invétéré, mais mon frère voyait la vie comme ça depuis toujours. Au lycée, il avait joué le gros garçon benêt. Adulte, le rôle de l'alcoolique jovial lui allait comme un gant. Désormais, il prenait celui de conseiller familial, jusqu'à ce que je lui annonce :

— Ils vont sans doute aussi vouloir t'interroger.

Warren continua à sourire, mais ne put masquer une certaine inquiétude.

— Moi ? Et pourquoi voudraient-ils me parler ? Je n'ai rien à voir avec ça !

— Bien sûr que si, Warren.

Son petit sourire avait maintenant disparu.

— Et en quoi je suis mêlé à cette affaire ?

— C'est toi qui as conduit Keith chez Amy.

— Et alors?

— Je te dis juste qu'ils le savent. Ils m'ont demandé ton adresse. Ils doivent interroger tout le monde, Warren. Toute personne qui a été en contact avec Amy dans les heures ayant précédé sa disparition.

Warren ne dit rien, mais, de toute évidence, la nouvelle le préoccupait.

— As-tu été en contact avec elle? demandai-je, l'air de rien.

— Je n'appellerais pas ça… un contact.

— Tu l'as vue?

Warren ne répondit pas, mais je vis dans ses yeux que la réponse était positive.

— Où ça?

Le visage de Warren se figea.

— Elle était dans son jardin quand j'ai déposé Keith chez eux. Elle jouait. Elle s'est approchée de la voiture.

Je me penchai vers lui pour dire:

— Écoute bien. C'est sérieux. Je vais te donner le conseil que j'ai donné à Keith. Quand les flics viendront te voir, quand ils t'interrogeront, réfléchis avant de répondre. Et surtout, ne mens pas.

Warren hocha doucement la tête, comme un enfant à qui l'on donne des instructions importantes.

— As-tu parlé à Amy? demandai-je.

Warren fit signe que non.

— Même pas un petit bonjour?

— Je ne sais plus.

— Réfléchis bien, Warren.

Il haussa les épaules.

— Peut-être quelque chose dans ce genre-là. Un petit bonjour, comme tu dis.

— Rien de plus ?

— Non.

— Tu es sûr ?

— Oui.

Je vis qu'il était inquiet, mais je savais aussi que son inquiétude ne durerait pas. Pourtant, à ma grande surprise, le trouble ne disparut pas aussitôt du visage de mon frère.

— Tu penses qu'ils me soupçonnent ? insista-t-il.

— Et pourquoi te soupçonneraient-ils ?

Warren haussa les épaules.

— Je ne sais pas, dit-il d'une petite voix. Peut-être qu'ils me soupçonnent, c'est tout.

Je le rassurai :

— Ils n'ont aucune raison, Warren.

Mais l'expression inquiète demeura sur son visage, une expression qui me fit penser à celle de Meredith et de Keith, et j'eus l'impression que les ennuis s'étaient abattus sur ma famille comme un nuage de cendre qui aurait teinté nos visages de gris.

— On est tous un peu inquiets, dis-je en posant la main sur l'épaule de mon frère, mais ce n'est pas comparable à ce que Vince et Karen endurent. Ton enfant qui disparaît, tu imagines ?

Warren acquiesça.

— Ouais, dit-il tout bas. Une petite fille adorable.

7

L'illusion, c'est qu'une journée normale annonce un lendemain normal. Au contraire, on remet tout en jeu chaque jour, et notre vie dépend des caprices du destin. Aujourd'hui, quand je repense à cette matinée ensoleillée avant que le téléphone retentisse, je sais que je vivais dans un monde d'illusion. Puis, avec l'appel et la voix de Vince Giordano, la roue s'était arrêtée. Et là, au lieu de découvrir le nombre qui sortait chaque matin, ce nombre sur lequel j'avais misé toute ma vie, j'avais vu la boule continuer sa course pour se blottir dans une autre case. Tel un joueur trop habitué à gagner, j'avais regardé, stupéfait, le résultat de ce dernier tour. Dans mon esprit, je vis la boule jaillir de cette case et regagner sa place habituelle grâce à ma seule volonté. L'après-midi du jour où Amy Giordano avait disparu, je refusais encore d'accepter les terribles conséquences de son enlèvement.

Quand je retournai à la boutique, je tentai de faire comme si tout allait bien et que je n'avais pas le moindre souci.

Mais Neil était au courant. Il ne dit rien, pourtant je le surpris en train de me jeter des coups d'œil, comme si j'avais de curieux symptômes, un léger tremblement de la main ou une propension à regarder dans le vide.

— Y a un problème, patron ? finit-il par demander.

À cette heure, les stations de radio locales avaient annoncé la disparition d'Amy. Les volontaires ratissaient le quartier et les environs, en particulier les bois. La ville était sens dessus dessous, ce n'était donc qu'une question de temps avant que tout le monde sache que Keith était chez Amy le soir de sa disparition.

— C'est au sujet d'Amy Giordano, répondis-je. Keith la gardait hier soir. La police est venue le voir ce matin.

La fausse légèreté de Neil disparut.

— Je suis sûr que Keith n'a rien fait de mal. C'est un garçon sérieux, dit-il aussitôt.

C'était faux, et je le savais. Alors que Keith était censé se rendre au magasin dès la fin des cours, il arrivait souvent avec une heure de retard, en général l'air boudeur, et avec une seule envie : rentrer à la maison pour filer dans sa chambre. S'il y avait des livraisons à faire, il s'exécutait, mais à contrecœur. Il effectuait toujours son travail scolaire ou les tâches dont il était chargé à la maison en dilettante. Quand il devait ramasser les feuilles mortes, il se contentait de les éparpiller. S'il sortait la poubelle, il faisait tomber quelques détritus. Sa vie avait toujours eu un côté décousu, mais cette fois, cet aspect de sa personnalité lui jouait un mauvais tour. Son indifférence et son manque de rigueur m'apparurent tout à coup comme le signe d'un profond désarroi.

Neil me posa la main sur le bras.

— Il n'y a pas à s'inquiéter pour Keith. C'est un gentil garçon.

Neil savait trouver les mots, et la seule réponse que je pus lui donner fut un rapide « Oui, bien sûr ».

Neil me fit un sourire chaleureux puis reprit son travail, mais je remarquai que, chaque fois que le téléphone sonnait, il se crispait et me lançait un regard inquiet.

Jusqu'au début de l'après-midi, tous les appels concernèrent la boutique, et je savourai la douceur de cette routine, ces besoins faciles à satisfaire, ces promesses simples à tenir, ce monde où les décisions à prendre n'exigeaient que peu de sagesse.

Mais à treize heures cinquante-quatre, le téléphone sonna à nouveau. C'était l'inspecteur Peak.

— Mr Moore, je voulais vous dire que…

— Vous l'avez retrouvée ! m'écriai-je.

— Pardon ?

— Vous avez retrouvé Amy.

— Malheureusement non. J'appelle juste pour m'assurer que Keith soit dans les parages si nous avons encore besoin de lui parler.

— Bien sûr.

— C'est une requête officielle, Mr Moore, dit Peak. Keith est désormais sous votre surveillance.

— Surveillance ?

Le terme était lourd de sous-entendus.

— Il n'ira nulle part, assurai-je.

— Bien, fit Peak. Merci de votre aide.

Il raccrocha, mais un bref instant, je gardai le combiné contre mon oreille. J'espérais entendre tout à coup une voix me dire qu'Amy était juste partie se promener tôt le matin, qu'elle avait trouvé une maison dans les bois où elle s'était endormie, comme Boucle d'or.

— Patron ?

C'était Neil. Il m'observait depuis le comptoir où s'entassaient des petites boîtes de pellicules.

— C'était la police. Ils veulent s'assurer que Keith est dans les parages.

Les lèvres de Neil s'entrouvrirent, mais il ne dit rien.

Je raccrochai.

— Je crois que je ferais bien de rentrer, Neil.

— Bien sûr, patron. Ne vous inquiétez pas, je fermerai la boutique si...

— Merci.

Je me dirigeai vers ma voiture et m'installai au volant sans mettre le contact. Je restai immobile sur mon siège et regardai les gens sur le trottoir, certains seuls, d'autres en couple ou en famille. Ils déambulaient devant les boutiques d'un air paisible, comme des baigneurs dans la mer un instant avant qu'un aileron noir surgisse et qu'ils se mettent à nager de toutes leurs forces vers le rivage.

Avant de partir, je sortis mon portable de ma poche et j'appelai Meredith.

— Peak m'a téléphoné, lui annonçai-je. Il faut qu'on surveille Keith.

Au ton de ma voix, elle sentit que j'étais nerveux.

— Cela veut dire qu'ils le soupçonnent, dit-elle.

— Je ne suis pas certain qu'on puisse en tirer cette conclusion.

— Oh, Eric, je t'en prie, fit-elle d'un ton énervé. Tu ne peux pas continuer à te voiler la face. Il faut affronter la réalité !

— Je fais ce que je peux…

— Où es-tu ? me coupa-t-elle.

— Je quitte la boutique.

— Bien. Il faut qu'on discute.

À mon arrivée, elle m'attendait dans le salon.

— Ils ne parlent que de ça à la radio. C'est un événement majeur pour cette petite ville de merde.

Jamais je ne l'avais entendue manifester une telle haine pour Wesley. À croire que, tout à coup, elle s'y sentait prisonnière. Éprouvait-elle ce sentiment depuis longtemps ? Je l'ignorais. Se réveillait-elle parfois en pleine nuit avec l'envie de sauter dans sa voiture et de quitter Wesley pour un horizon plus chatoyant dont elle n'avait jamais parlé ? Dans les films, les gens avaient des rêves secrets, et sans doute aussi certaines personnes dans la réalité, mais jamais je n'avais imaginé Meredith avec de telles envies. Tout à coup, je me demandai si elle n'avait pas quelques fantasmes non assouvis, si elle ne rêvait pas de routes lumineuses et de palaces, ou bien d'être la reine d'une montagne qu'elle n'avait même jamais eu la possibilité de gravir.

Elle se dirigea vers le canapé où elle s'affala lourdement, comme si elle essayait d'écraser le monde sous son poids.

— Ils ont raconté que Vince et Karen étaient sortis hier soir, en revanche ils n'ont pas parlé de baby-sitter, dit-elle en secouant la tête d'un air crispé. Mais ce n'est qu'une histoire de temps. Ils vont bientôt annoncer qui la gardait. Amy n'avait que huit ans.

— N'avait ? la repris-je d'un air sombre.

— Tu vois ce que je veux dire, dit-elle en me lançant un regard appuyé. Je pense qu'on devrait appeler Leo.

J'ignore pourquoi je continuais à résister, peut-être qu'une partie de moi voulait encore se voiler la face. Peut-être croyais-je encore qu'en refusant de passer à l'étape suivante, tout le monde calquerait son attitude sur moi, et qu'il n'y aurait pas de suite.

— Pas encore.

— Pourquoi ?

— Parce que ça donnera l'impression que Keith reconnaît les faits. Tu sais comment ça se passe à la télévision. On annonce « Untel a contacté un avocat », et tout le monde se dit : « C'est parce que le type est coupable et qu'il prépare sa défense. »

Meredith se leva pour s'approcher de la baie vitrée qui donnait sur les bois.

— Je souhaite que tu aies raison, Eric.

Je la laissai se calmer, puis je dis :

— Tu crois qu'on devrait appeler les Giordano ?

Elle haussa les épaules. Je repris :

— Je pense que ça serait une bonne idée. Pour leur montrer combien nous sommes inquiets pour Amy.

Je me dirigeai vers la cuisine, pris le téléphone et composai le numéro.

Une voix étrangère me répondit, que je reconnus pourtant. C'était l'inspecteur Kraus. Je me présentai en lui expliquant que je voulais exprimer notre compassion aux Giordano. Et je lui proposai mon aide et celle de ma famille pour les recherches. Puis je demandai à parler à Vince. Kraus dit qu'il allait le chercher. Je l'entendis poser le combiné, puis ses pas résonnèrent dans la pièce. Il revint.

— Mr Giordano ne veut pas vous parler, dit Kraus. Il est… très préoccupé.

— Je comprends.

— Keith est chez vous, n'est-ce pas ? demanda Kraus.

— Oui.

— Nous avons d'autres questions à lui poser.

Je lui répondis que Keith serait ravi de les aider, puis je raccrochai. Meredith me regardait d'un air inquiet.

— Peut-être que tu as raison, dis-je. On devrait appeler Leo.

Il accepta de venir aussitôt. Je montai voir Keith dans sa chambre.

Sa porte était fermée à clé, comme toujours depuis ses treize ans. Je n'avais jamais trouvé ça étrange. Je considérais normal pour un adolescent de maintenir ses parents à distance. C'était une façon d'affirmer son indépendance, je suppose, de marquer le passage à l'âge adulte. Mais que mon fils reste autant de temps dans sa chambre, à son ordinateur, seul, derrière une porte fermée à clé, me parut tout à coup suspect. Que faisait-il donc là ? Et dans la solitude, quelles pensées lui venaient ?

Je frappai en appelant :

— Keith.

J'entendis des bruits étranges, comme s'il rangeait sa chambre à la hâte et éteignait l'ordinateur, ou bien cachait quelque chose dans son placard.

Je frappai à nouveau, de façon plus ferme.

— Keith ?

Le verrou sortit de sa gâche, la porte s'ouvrit de cinq centimètres, et un œil apparut.

— On a contacté un avocat, annonçai-je.

L'œil ne sourcilla pas.

— Leo Brock. Il sera là dans quelques minutes.

Toujours aucune réaction de Keith. Son œil bleu ressemblait à un lac.

— Il faut que je te parle avant qu'il arrive.

Keith demanda d'une voix indifférente :

— De quoi ?

Je regardai son œil cligner lentement et me demandai si mon fils prenait de la drogue. Peut-être qu'il me cachait ça aussi.

— Ouvre ta porte, ordonnai-je.

La porte ne bougea pas.

— Et de quoi il faut parler ?

— Keith, ouvre ta porte, insistai-je.

Il hésita un instant, puis l'ouvrit un peu plus, mais au lieu de me faire entrer, il sortit dans le couloir et referma rapidement le battant derrière lui.

— D'accord, dit-il. Je t'écoute.

Je le regardai avec attention.

— Tu vas bien ?

Il eut un rire presque moqueur.

— Oui, très bien.

— Je veux dire… Tu es en état de parler ?

Il haussa les épaules d'un air comique et me sourit, mais c'était un sourire glacial.

— Qu'est-ce que tu veux, papa ?

— Que tu dises la vérité, Keith. Quand Mr Brock sera là. Peu importe ce qu'il te demande, dis-lui la vérité.

— Comme avec les flics.

— Comme je t'ai dit de le faire, oui.

Il haussa à nouveau les épaules.

— Bon…

— La vérité, répétai-je, cette fois d'un ton sévère.

— OK, la vérité, dit-il en plissant un peu les yeux. Autre chose ?

— Sans oublier aucun détail. Raconte tout ce que tu as fait quand tu étais chez Amy. Où tu es allé ensuite. Comment tu es rentré à la maison. La vérité, Keith.

— Ouais, d'accord.

Il agita la main, comme s'il chassait un insecte gênant.

— Je peux retourner dans ma chambre, maintenant ?

J'acquiesçai, le regardai se glisser dans l'entrebâillement puis entendis le verrou reprendre sa place.

Meredith était à la table de la cuisine devant un café quand je redescendis. Ses longs doigts tripotaient nerveusement le bouton de son chemisier.

— Qu'est-ce qu'il a dit ? demanda-t-elle.

— Rien.

Elle prit une gorgée de café.

— Classique.

— Qu'est-ce que tu veux dire par là ?

— Comme lorsqu'il a appris la disparition d'Amy. Pas de réaction. À peine un haussement d'épaules. Comme si ça n'avait pas d'importance.

— Il ne sait pas comment réagir, dis-je pour sa défense.

— Je n'en suis pas sûre, Eric, il aurait dû avoir une réaction, il aurait dû paraître choqué. (Elle prit une nouvelle gorgée de café.) Tu as remarqué qu'il n'a pas posé une seule question ?

— Il a peur, expliquai-je.

Elle aspira une petite bouffée d'air.

— Moi aussi, dit-elle.

Je voyais sa peur, et j'y perçus quelque chose d'encore plus effrayant.

— Tu vas bien ? demandai-je.

— Comment pourrais-je aller bien, Eric ? demanda Meredith d'un ton sarcastique. Comment peut-on aller bien dans ce genre de situation ?

Elle termina son café avec un sourire résigné, même si j'ignorais à quoi s'appliquait cette résignation : à Keith, à la vie, ou au chemin qui l'avait menée jusqu'à cette petite ville de merde.

N'ayant pas de réponse à lui fournir, j'eus recours à mon geste habituel lorsque je me sentais au bord du gouffre.

Je tendis la main vers la sienne.

8

Leo préféra rencontrer Keith chez nous plutôt qu'à son bureau, parce que, dit-il à Meredith : « Les enfants sont plus calmes quand ils jouent à domicile. »

Nous connaissions Leo depuis quinze ans. À l'époque où j'avais acheté la boutique, j'avais trouvé son nom dans l'annuaire, et il avait conduit la vente avec une telle compétence et une telle sérénité que depuis, il s'occupait de toutes nos affaires. Plus récemment, il était devenu un ami de la famille. Peg, sa femme, étant morte trois ans plus tôt, Meredith avait plusieurs fois tenté de lui faire rencontrer des collègues célibataires. Mais Leo n'avait jamais rappelé aucune de ces femmes, et Meredith avait fini par comprendre qu'il ne voulait pas se remarier. C'était un veuf de soixante-deux ans heureux de mener la vie qu'il entendait.

Il arriva à quinze heures quinze avec son habituel costume-cravate et ses chaussures impeccablement cirées.

— Bonjour, Eric, me dit-il quand je vins lui ouvrir.

Je le conduisis au salon, où Meredith était assise au bout du canapé, ses longues jambes sagement croisées, les mains sur les genoux, une posture raide que Leo ne manqua pas de remarquer.

— Je sais que cette affaire est très perturbante, dit-il en s'asseyant lui aussi sur le canapé. Mais il est cent fois trop tôt pour laisser entendre que Keith a fait quoi que ce soit de blâmable. À propos, où est-il? demanda-t-il en promenant le regard à travers la pièce.

— Dans sa chambre, répondis-je. Je pensais que tu voudrais nous parler d'abord.

— Non, c'est à Keith que j'ai besoin de parler.

La requête était claire : Keith devait descendre.

— Je vais le chercher, annonça Meredith en se dirigeant vers l'escalier.

— C'est tellement étrange, dis-je une fois qu'elle eut quitté la pièce. Que Keith soit impliqué dans une histoire comme ça.

— Je comprends que ça fasse peur, dit Leo, mais neuf fois sur dix, ce genre d'histoire se dénoue rapidement.

— Tu as déjà traité un cas similaire?

Leo s'adossa tranquillement.

— Un cas similaire à quoi?

— Un gamin accusé de quelque chose?

— Keith a été accusé de quelque chose?

— Pas vraiment, mais…

— Mais quoi?

— Eh bien, c'est lui qui a vu Amy en dernier.

Leo me corrigea :

— La dernière personne à avoir vu Amy, c'est le type qui l'a enlevée. N'oublie pas ça, Eric. C'est essentiel.

Je hochai la tête.

Meredith réapparut avec Keith qui traînait les pieds, l'air tendu, comme un accusé qui vient écouter son verdict.

— Salut, Keith, lança joyeusement Leo en se levant et en lui tendant la main avec l'exubérance d'un patriote accueillant un soldat qui rentre de la guerre. Tu n'as pas l'air de t'en faire trop. (Il me jeta un regard, puis fit un clin d'œil à Keith.) Pas comme ton vieux, hein ?

Keith sourit, mais d'un sourire que je connaissais bien, un sourire triste, désabusé, comme si tout ça n'était qu'un mauvais moment à passer, une corvée à subir avant de pouvoir retourner à son ordinateur.

— Assieds-toi, dit Leo en s'installant lui-même sur le canapé.

Keith prit le fauteuil de l'autre côté de la table basse. Il me regarda, puis regarda Leo. Dans ses yeux, je ne vis rien d'autre que la résignation à supporter les quelques minutes qui allaient suivre avant d'être autorisé à regagner le refuge que constituait sa chambre.

— Alors comme ça, les flics sont venus te voir ? commença Leo d'un ton léger, comme s'il bavardait. (On aurait presque cru qu'il parlait à Keith de son film préféré.) Et ils sont restés longtemps ?

Keith fit signe que non.

— Bon, dit Leo. Ce n'est pas la compagnie la plus agréable qui soit, n'est-ce pas ?

À nouveau, Keith répondit d'un signe de tête. Leo posa un bras à l'arrière du canapé et, de l'autre, déboutonna sa veste d'un geste qui se voulait désinvolte.

— Que voulaient-ils savoir ?

— Pour Amy, dit Keith avec un haussement d'épaules.

Léo posa la question suivante en étouffant un bâillement.

— Et que leur as-tu répondu ?

— Que je l'avais couchée vers huit heures et demie.

— C'est la dernière fois que tu l'as vue ?

— Oui.

— À quelle heure es-tu parti de chez elle ?

— Quand ses parents sont rentrés.

— C'est-à-dire ?

— Vers dix heures.

Leo se pencha pour se masser doucement la cheville en poussant un petit grognement.

— Et après ?

Pendant les quelques minutes qui suivirent, j'écoutai mon fils donner à Leo la même version qu'à la police : il était retourné en ville, il avait parcouru les rues jusqu'au terrain de base-ball, puis il était rentré à pied. Tandis qu'il parlait, je voulus me convaincre qu'il disait la vérité, que je m'étais trompé, que je n'avais pas entendu de voiture s'arrêter à l'orée du chemin la nuit précédente, que je n'avais pas vu de phares éclairer les buissons. J'avais déjà entendu des parents nier que leur enfant ait pu commettre le moindre acte criminel. À l'époque, l'aveuglement dont ils faisaient preuve m'avait ahuri. Et pourtant, quand Leo se tourna vers moi et me demanda : « Tu étais éveillé quand Keith est rentré ? » je sus que je faisais partie de ces parents prêts à tout pour épargner leur enfant.

— Oui.

— Et tu as vu Keith à son retour ?

— Oui.

— À quel moment l'as-tu entendu entrer ?

— Je l'ai vu remonter l'allée à pied.

Heureusement, la question « Était-il seul ? » ne vint jamais, et je ne fis rien pour la provoquer.

Leo me lança un sourire approbateur.

— Bien, dit-il, comme si j'étais un écolier qui avait correctement épelé un mot.

Il se tourna vers Keith.

— Je vais suivre l'enquête pour toi, dit-il en se penchant pour tapoter le genou de mon fils. Ne t'inquiète pas. (Il se leva, puis se ravisa et se rassit sur le canapé.) Au fait, dit-il en observant Keith, es-tu déjà allé au château d'eau ?

Je vis une étincelle briller dans l'œil de mon fils.

— Au château d'eau ? répéta Keith.

— Le château d'eau, tu sais ? À deux kilomètres de la ville.

— Je sais où c'est, dit Keith d'un air apeuré, comme s'il s'agissait d'un endroit malfamé.

— Y es-tu déjà allé ?

Keith secoua la tête, et appuya son geste d'un ferme :

— Non.

Sans un mot de plus, Leo se releva.

— Bon, je vous tiens au courant de l'avancée du dossier. Bonne journée.

Meredith se leva précipitamment.

— Leo, je te raccompagne, annonça-t-elle.

Quelques secondes plus tard, j'étais seul dans le salon. Keith était reparti vers sa chambre, Meredith et Leo descendaient l'allée en direction de la grosse Mercedes noire.

Je demeurai quelques instants sur le canapé, mais la curiosité fut la plus forte : je me levai pour jeter un coup d'œil à la fenêtre. Meredith et Leo se tenaient près de la voiture. Leo hochait la tête d'un air assuré en écoutant Meredith. Elle me semblait plus agitée que jamais depuis la disparition d'Amy Giordano. Ses mains voltigeaient comme si elle essayait d'attraper un papillon invisible. Mais, quand Leo se mit à parler, les mains de Meredith se figèrent sur place, puis retombèrent le long de ses flancs comme deux poids morts.

Elle écouta Leo parler d'un ton mesuré, les yeux fixés sur lui, sauf un instant où elle tourna la tête vers la fenêtre, et où je me sentis comme un voyeur pris en flagrant délit.

Quand elle revint, j'avais regagné le canapé.

— Alors ? lui demandai-je.

Elle s'assit près de moi, l'air moins énervé qu'auparavant.

— Tu crois qu'on va sortir indemnes de cette épreuve, Eric ?

— Hein ?

— Quoi qu'il arrive, il faut qu'on sorte indemnes de cette épreuve.

— Et pourquoi en serait-il autrement ?

Un instant, elle parut chercher la réponse appropriée, puis elle dit :

— Le stress, la tension. Parfois, les familles n'y résistent pas.

— Ou au contraire, les liens se resserrent, la corrigeai-je. Comme dans l'attaque du chariot bâché par les Indiens, tu sais.

Elle esquissa un vague sourire.

— Oui, comme dans l'attaque du chariot bâché, fit-elle.

Quelques minutes plus tard, je retournai à la boutique avec l'espoir que Leo Brock ait raison, qu'il n'y ait pas lieu de s'inquiéter.

— Tout va bien ? me demanda Neil.

— Nous avons pris un avocat, déclarai-je.

Il interpréta cette nouvelle comme je m'y attendais : c'était pour lui le signe que les choses devenaient sérieuses.

— Si je peux être utile en quoi que ce soit, me proposa-t-il.

J'avais toujours considéré Neil comme un homme sans substance, non à cause de son comportement efféminé, mais parce qu'il était extrêmement émotif, toujours au bord des larmes. Mais ce jour-là, son émotion me sembla authentique, comme si son empathie s'ancrait au plus profond de lui-même, aussi profond que la moelle des os. J'avais l'impression d'avoir réglé la lentille d'un microscope : tout à coup, j'y voyais plus net. Je savais qui était vraiment de notre côté, et qui ne l'était pas, je venais de faire le tri entre les gens sincères et les autres.

— Je trouve que les gens bien ne devraient jamais avoir de coups durs, déclara-t-il. Les gens comme Meredith et vous. Mr et Mrs Giordano. Des gens innocents. Comme Amy.

— En effet.

— Et Keith, ajouta Neil.

Keith.

Un trouble me saisit. Je sentis en mon for intérieur que le robinet de compréhension qui avait toujours été ouvert en grand pour mon fils venait de se refermer.

— Oui, Keith, repris-je.

Neil surprit mon regard.

— J'espère juste que Keith sait à qui se confier, dit-il, puis il s'éloigna pour aller déballer un carton d'étuis destinés à des appareils photo.

Je pris place à mon établi et me mis au travail. Nous avions reçu plusieurs commandes d'encadrement la veille. Pour chaque photo, Neil avait noté sur un calepin les mesures précises et la référence du cadre. Il s'agissait de photos de famille, hormis un labrador qui courait au bord de l'eau. Je découvris une famille rassemblée sur les marches d'un cottage, le père bronzé et torse nu, les mains sur les épaules de sa femme, leurs deux enfants assis sur les marches en bois. Une autre photo montrait une famille campant dans la montagne. Ils étaient baignés par la lumière du soleil à travers les feuilles. Certains portaient un maillot de bain, et une adolescente séchait ses boucles blondes avec une serviette.

J'ignore combien de temps je demeurai immobile, dans l'attente qu'un client me sorte de ma torpeur. Puis je remarquai le bord blanc d'une photo qui avait glissé sous la machine à développer. Elle était froissée, mais quand je la lissai, je découvris qu'il s'agissait d'un cliché d'Amy Giordano. Neil l'avait sans doute laissée tomber par mégarde quelques jours plus tôt. C'était l'un des doubles que nous offrions à chaque tirage.

Amy était debout au bord d'une piscine d'un bleu scintillant, vêtue d'un maillot une pièce à pois rouges et blancs. On distinguait des gouttes d'eau sur l'énorme ballon de plage à ses pieds. Amy était coupée en deux par un pli du papier, si bien que son bras droit semblait détaché de son corps, de même que sa jambe gauche. Mais, à part cette dissection accidentelle, rien ne laissait prévoir quel serait son sort quelques jours plus tard. J'eus tout à coup le terrible pressentiment qu'elle avait été assassinée. J'imaginai Keith au bout du couloir qui menait à la chambre d'Amy, les poings serrés, luttant contre une terrible impulsion, un besoin si urgent qu'il avait l'impression qu'on le poussait dans le dos. Il regardait la porte fermée, prenait une grande bouffée d'air et s'avançait.

— Eric ?

Je battis rapidement des paupières et levai la tête en direction de la voix, croyant me retrouver face au démon avec des cornes et des yeux rouges. Mais ce n'était que Mrs Phelps, qui tenait deux pellicules dans sa main légèrement tremblante.

— Pourrais-je avoir le tout pour mardi ? demanda-t-elle en posant sur le comptoir une photo de seize sur vingt-cinq de sa petite fille, pour que je fasse l'encadrement. Elle est mignonne, n'est-ce pas ?

Je rangeai rapidement la photo d'Amy et me concentrai sur l'autre enfant.

— En effet, déclarai-je.

Je fermai la boutique à l'heure habituelle et rentrai chez moi. Meredith raccrochait son téléphone portable quand j'entrai dans la cuisine.

— Je parlais avec Mr May, dit-elle. Il organise un cocktail le week-end prochain. Nous sommes invités. Tu veux bien y aller ? Je crois qu'il vaut mieux accepter.

— Pourquoi ?

— Pour avoir l'air… normaux.

— Nous sommes normaux, Meredith.

— Tu vois ce que je veux dire.

— Tu as raison. Il ne faut pas laisser croire aux gens que nous avons quelque chose à cacher.

Elle hocha la tête.

— Surtout depuis les événements.

— Qu'est-ce que tu veux dire ?

— Maintenant qu'on sait pourquoi Leo a demandé à Keith s'il est allé au château d'eau...

— De quoi parles-tu ?

— Ils ont retrouvé le pyjama d'Amy là-bas, dit Meredith en me lançant un regard étonné. Tu n'as pas écouté la radio ?

Je fis signe que non.

— J'ai préféré éviter les nouvelles.

À mon grand étonnement, elle déclara :

— Tu sais, Keith est comme toi.

— Que veux-tu dire ?

— Tu refuses d'affronter la réalité, Eric. Tu es passif. Lui aussi.

— Qu'est-ce que ça veut dire, exactement ?

— Ce que ça veut dire. Tu fuis la réalité.

— Par exemple ?

— Tu veux que je commence par où ? Les notes de Keith, par exemple. C'est moi qui exige qu'il travaille. La façon dont il traîne les pieds à la maison. C'est moi qui suis sur son dos, qui l'oblige à sortir les poubelles, à ramasser les feuilles.

C'était vrai.

— Je sais que, sur le fond, tu es d'accord avec moi. C'est juste que tu préfères ne pas l'affronter. En ça, tu es passif.

Je haussai les épaules.

— Peut-être. Mais je n'ai pas envie de me chamailler avec toi à ce sujet.

— Cette réponse ne fait que confirmer ce que je viens de dire, répliqua sèchement Meredith.

Elle me parut tout à coup trop dure avec moi. Je rétorquai :

— Qu'aurais-tu préféré que je fasse ? Que je passe mon temps à me disputer avec lui ? À me disputer avec toi ? À faire une histoire pour tout ?

— Il y a certaines choses qui comptent, répliqua Meredith. Par exemple, savoir si ton fils fait ou non des bêtises. C'est important.

— De savoir s'il fait des bêtises ?

— Oui.

— Et en quoi Keith fait-il des bêtises ?

Meredith secoua la tête d'un air furieux.

— Eric, tu es aveugle ou quoi ? Tu ne vois donc rien ?

— Je vois un adolescent. En quoi fait-il des bêtises ?

— Il n'a pas un seul ami, bon sang ! s'écria Meredith. Il a de mauvaises notes ! Il n'a aucun projet d'avenir ! Tu l'as déjà vu s'intéresser à quelque chose, avoir la moindre ambition ? (Elle eut tout à coup l'air étrangement abattue.) Quand il quittera le lycée, il ira travailler avec toi à la boutique, voilà tout. Il livrera des photos, sauf qu'il se déplacera en voiture et non plus à vélo. Et pour finir, il prendra la place de Neil. Ensuite, à ta mort, il récupérera le magasin. Voilà ce que sera sa vie, Eric : propriétaire d'une petite boutique photo.

— Comme moi, c'est ça ? rétorquai-je. Moi, le pauvre imbécile.

Elle comprit qu'elle venait de me blesser profondément.

— Ce n'est pas ce que je voulais dire. Toi, tu es parti de rien. Ton père a fait faillite. Tu as dû t'en sortir tout seul. Mais Keith a tous les atouts en main. Il pourrait faire toutes les études qu'il veut, suivre n'importe quelle étoile.

Je me détournai. C'en était trop.

— Je vais faire un tour, dis-je d'un ton énervé.

— Un tour ? répéta Meredith en me regardant d'un air étonné. À cette heure ? Et où ça ?

Je n'allais jamais me promener, mais ce soir-là, il fallait que je prenne l'air. Peu importait où, je devais sortir de la maison pour m'éloigner de Meredith et de l'impression d'échec qu'elle dégageait comme une mauvaise odeur.

Je tournai les talons et me dirigeai vers la porte.

« Dans les bois » fut ma seule réponse.

Les bois peuvent être beaux, sombres et profonds, mais ce soir-là le soleil, qui ne s'était pas encore couché, éclairait chaque détail d'un sol ordinairement caché par la végétation.

Il n'y avait aucun sentier dans la forêt derrière la maison, je progressai donc lentement en repoussant les branches et en marchant sur les fourrés.

Je sais à quoi je pensais en avançant : à la disparition d'Amy, à l'interrogatoire de Keith, et aux ennuis que je redoutais. Mais plus que tout, au cours de cette promenade solitaire, j'avais des idées noires soigneusement enfouies jusque-là.

Maintenant, tant d'années plus tard, alors que j'attends à une table de restaurant par une matinée d'automne pluvieuse, je reparcours mentalement le long chemin de mon ignorance. Puis cette phrase me revient : « Je serai là pour les actualités », et mon corps se crispe, comme à l'instant qui précède l'anéantissement. Je suis au milieu des bois, la nuit tombe, et je n'ai nulle part où aller.

DEUXIÈME PARTIE

Par la vitrine du restaurant, vous apercevez les rues animées. Il y a là beaucoup de familles, la plupart avec un appareil photo. Ils sont presque tous vos clients. Ils ne vous posent que des questions simples. Ils vous montrent la petite boîte de pellicule et vous demandent combien coûte le développement. Vous leur donnez un prix, et si celui-ci leur convient, ils veulent savoir quand ils pourront récupérer leurs photos. Vous répondez à nouveau et, le plus souvent, l'affaire est conclue. Vous vous dirigez alors vers la machine à développer, vous ouvrez la boîte, vous sortez le film, vous le mettez dans l'appareil et vous attendez. Le moteur ronronne, les rouleaux tournent, les produits chimiques s'écoulent. Quelques minutes passent, et les photos apparaissent, brillantes et neuves. Elles tombent dans le réceptacle comme des feuilles multicolores.

Les années s'écoulent, de vieux clients ont disparu et de nouveaux sont apparus. Vous vous demandez s'ils se souviennent encore des événements et si, un jour, ils vous poseront des questions. Puis, un dimanche matin, le téléphone sonne, et vous prenez conscience qu'un passé sans futur n'est qu'un corps sans vie, et que vous êtes mort depuis longtemps. Vous voulez sortir de votre tombe, tirer quelque chose de toute cette obscurité, alors vous acceptez le rendez-vous.

Mais qu'allez-vous dire, vous demandez-vous, lorsque vous serez à nouveau confronté à cette affaire ? Vous voulez qu'elle se termine sur une note de sagesse, mais comme vous n'aviez aucune sagesse au début de cette histoire, il faudra s'en passer. Vous viviez une jolie petite vie dans une jolie petite ville. Ce que vous savez désormais, vous l'avez appris dans la douleur. C'est un trésor assemblé pièce par pièce. Vous devez réfléchir à ce que vous allez dire et espérer qu'on acceptera votre proposition.

Mais d'abord, vous devez visionner le film des événements jusqu'à cet ultime moment, passer en revue les jours qui l'ont précédé, comprendre comment le monde a pu s'écrouler en si peu de temps autour de vous. Vous décidez de ne pas enjoliver votre récit.

La serveuse ne se méfie pas de vous. Vous n'êtes pas le premier homme assis seul un dimanche matin devant une tasse de café.

Vous vous sentez tranquille. Vous ne pouvez pas les ramener à la vie, vous ne pouvez pas tout effacer. Vous avez songé à quitter Wesley, mais vous n'en avez rien fait. Vous êtes resté en pensant que c'était nécessaire, et que vous finiriez par savoir pourquoi. Mais, au fil des années, vous avez cessé de chercher la raison de votre présence. Puis un jour, le téléphone a sonné, et la raison est clairement apparue. Vous avez compris qu'à défaut du reste, vous pouviez expliquer certaines choses, les déterrer de votre passé comme un sac d'os.

Vous allez à ce rendez-vous dans ce restaurant avec un espoir : offrir le dérisoire cadeau des quelques détails que vous connaissez.

9

Le soupçon est un acide. Il ronge tout ce qu'il touche. Il s'attaque à la surface des choses en y laissant une marque indélébile. Ce soir-là, je regardai une rediffusion d'*Alien*. Dans une scène, le monstre vomit un liquide si corrosif qu'il troue un étage de la station spatiale, puis les suivants. Le soupçon est identique, il détruit la confiance niveau par niveau. Et creuse toujours plus profond.

Je voyais bien que les relations au sein de ma famille avaient changé depuis le début de l'affaire. Meredith était plus insaisissable et Keith plus méfiant, mais jamais je n'aurais pensé que la disparition d'Amy Giordano affecterait mes rapports avec des gens plus éloignés. Cela faisait maintenant trois jours qu'Amy avait disparu. À Wesley, tout le monde savait désormais que Keith la gardait le soir de son enlèvement. Et pourtant, je restai sans voix face à la réaction de Mrs Phelps.

Cette dame de soixante-dix ans était cliente depuis l'ouverture du magasin. Elle avait les cheveux blancs ou légèrement bleutés, selon l'habileté de son coiffeur, et de fausses dents bien alignées, un peu trop grandes pour sa bouche. Elle était toujours maquillée et habillée avec soin, et elle portait en général un foulard en soie autour du cou.

Elle apparut dans la boutique juste après deux heures. Neil était au comptoir. Comme d'habitude, elle s'arrêta pour bavarder quelques instants avec lui. « Neil est formidable », m'avait-elle dit un jour. Mais pour Mrs Phelps, tout était formidable. Son jardinier était formidable, tout comme l'Équatorienne qui faisait son ménage. L'été était formidable, mais aussi le printemps et l'automne. Elle ne parlait pas de l'hiver, mais je ne doutais pas que, sous certains aspects, l'hiver fût tout aussi formidable.

Elle venait chercher l'encadrement de sa petite fille qu'elle m'avait commandé le week-end précédent. À l'instant où elle franchit la porte, je me rendis compte que je l'avais totalement oublié. Je m'étais attelé à la tâche le samedi avant la fermeture, puis Neil avait rangé mon travail inachevé sous le comptoir pour ne pas l'abîmer, et il s'y trouvait toujours.

— Je suis désolé, Mrs Phelps, dis-je quand elle s'avança vers moi. Je n'ai pas tout à fait terminé. Mais ce sera prêt dans la journée.

Mrs Phelps me rassura d'un geste de la main.

— Oh, ce n'est pas grave, Eric, je repasserai plus tard.

— Non, non. C'est ma faute, insistai-je. Dès que Keith arrive, il vous livre à domicile.

Et là, je remarquai une lueur gênée dans les yeux de Mrs Phelps. Elle eut tout à coup l'air inquiet. J'en compris la raison. La petite fille de Mrs Phelps, celle de la photo que je n'avais pas fini d'encadrer, vivait chez elle. Elle était très jolie, elle avait de longs cheveux noirs, et vraisemblablement une huitaine d'années : le même physique et le même âge qu'Amy Giordano.

— Ne dérangez pas Keith pour ça, insistat-elle. Je passerai dans l'après-midi.

Mrs Phelps était trop profondément gentille pour ne pas faire preuve de tact, mais elle resta ferme : il n'était pas question que mon fils approche sa petite fille. Je repensai à un ouvrage sur les baleines où l'on expliquait que la mère était capable de s'interposer entre le harpon et sa progéniture. Mrs Phelps protégeait de la même manière sa petite fille de mon fils.

— Très bien, Mrs Phelps.

— Merci, répondit-elle poliment.

Elle recula en jetant des regards apeurés. Elle souriait toujours, mais d'un air crispé. Elle avait beau être gênée, elle ne reviendrait pas sur sa décision. La sécurité de sa petite fille était en jeu.

— Vers seize heures, dans ce cas, déclarai-je.

Mrs Phelps acquiesça et fila vers la porte. Elle passa près de Neil sans le saluer, et quand elle sortit sur le trottoir, j'eus l'impression qu'elle était presque hors d'haleine.

— Comme elle était bizarre, fit remarquer Neil.

Je regardai Mrs Phelps rejoindre sa voiture et s'installer au volant.

— Je pense que Keith devrait cesser de faire ses livraisons, dis-je.

— C'est terrible. Je croyais qu'on était considéré innocent jusqu'à ce qu'on puisse prouver votre culpabilité. Même Mrs Phelps, pour qui tout est formidable…

— Elle a peur, déclarai-je en comprenant tout à coup que le soupçon est tout simplement une variante de la peur. Elle a peur de Keith. C'est sans doute normal.

— Mais il n'y a aucune raison d'avoir peur de Keith ! protesta Neil.

Je me souvins de la terrible scène que j'avais imaginée quelques jours plus tôt, Keith s'avançant dans le couloir en direction de la chambre d'Amy. J'eus envie de dire : « Mon Dieu, comme je souhaite que vous ayez raison. »

Neil sembla avoir entendu cette supplique que je n'avais pourtant pas prononcée.

— Keith est incapable d'avoir fait du mal à cette petite fille, Eric, insista-t-il. Et puis, il n'a pas de voiture. La personne qui l'a kidnappée avait un véhicule. On n'enlève pas un enfant à pied.

Je me souvins alors du faisceau des phares qui avait balayé les buissons.

— Je sais.

Un flot d'images envahit ma tête, Keith remontant l'allée, passant sous les branches de l'érable du Japon, puis se glissant dans l'escalier. Je me souvins de sa raideur quand je l'avais appelé et du pan de sa chemise sorti de son pantalon. Tout à coup, c'en fut trop.

Neil m'effleura le bras.

— Croyez-moi, Eric, Keith n'est pas un...

Il s'arrêta pour ne pas prononcer un mot trop violent, puis reprit :

— Keith n'aurait pas... fait de mal à une petite fille.

J'acquiesçai, car je ne trouvais rien à dire. Je repris mon travail. J'encadrai la photo de Mrs Phelps, puis je poursuivis avec d'autres commandes. Tandis que les heures passaient, les clients entraient et sortaient. Ils me jetaient parfois un coup d'œil hésitant, ou évitaient de me parler, ce que je supportais mal. Je refusai que Keith subisse cette gêne, si bien qu'à midi, j'appelai Meredith pour lui demander que, jusqu'à la fin de l'affaire Amy Giordano, Keith rentre directement à la maison après les cours.

— Je n'ai pas envie qu'il subisse les regards que j'ai subis aujourd'hui, dis-je. J'ai l'impression d'être un fauve dans une cage.

— D'accord, admit Meredith. Surtout que ça sera encore pire pour lui.

— Qu'est-ce que tu veux dire ?

Sa réponse me glaça :

— Il aura l'impression d'être un fauve dont tout le monde a d'autant plus peur que sa cage est grande ouverte.

Warren arriva à l'heure de la fermeture. Sa combinaison de travail en coton blanc était couverte de taches. Il avait aussi de la peinture orange dans les cheveux, sur les mains et les avant-bras.

— J'ai envie qu'on aille boire une bière ensemble, frérot, dit-il.

Je secouai la tête d'un air las.

— La journée a été dure, Warren. Je pense que je vais rentrer directement à la maison.

Neil passa devant nous, salua Warren, puis se dirigea vers la vieille Dodge verte qui avait autrefois appartenu à sa mère.

Warren éclata de rire.

— Mon Dieu, quelle tapette ! se moqua-t-il.

Mais quand il me regarda, son sourire disparut.

— Eric, j'ai vraiment envie d'aller prendre une bière, insista-t-il.

Sans attendre que je décline à nouveau sa proposition, il ajouta :

— Des flics sont venus me voir sur mon lieu de travail. Chez Earl Bannister. Je crois que c'est ceux qui sont venus chez toi.

— Peak et Kraus.

— C'est ça. Mais y peuvent pas se pointer chez Earl comme ça. Je peux pas me permettre d'avoir des flics qui viennent m'interroger sur mon lieu de travail. Comme si j'étais… un complice.

La voix de Warren était tendue, comme s'il m'en voulait d'être mêlé à cette affaire. Il reprit :

— Je suis peintre, bordel ! Je travaille chez les gens. Dans ce boulot, il faut qu'on ait confiance en toi. Je peux pas me retrouver avec des flics sur le dos. Ça peut pas continuer, Eric. C'est pas possible. Faut qu'on parle.

Il était de plus en plus nerveux. C'était l'un des traits de personnalité de Warren : une escalade continue vers un pic d'émotions. Et là, soit il fondait en larmes s'il était sobre, soit il s'endormait s'il avait bu.

— Bon, allons chez Teddy, dis-je.

C'était un petit bar à deux pas de ma boutique. Teddy Bethune, le propriétaire, était mort quelques années plus tôt, et le commerce avait été repris par sa fille, une femme irritable et peu soignée d'une cinquantaine d'années qui ne faisait pas mystère de sa préférence pour les touristes. Elle détestait les habitués qui entonnaient des chants irlandais, faisaient des blagues salaces et passaient leur temps à répéter qu'ils préféraient le lieu du temps de son père.

— Vous prenez quoi ? nous lança Peg en jetant deux dessous-de-verre sur notre table.

Warren commanda une bière mais sans prendre de verre. Je l'imitai. Puis il se dirigea vers le fond de la salle, et je lui emboîtai le pas.

Warren but une grande gorgée de bière, puis une deuxième pour se donner du courage. Il posa enfin la bouteille sur la table.

— Bon, commença-t-il.

— Qu'est-ce que voulaient les flics ? demandai-je.

— Savoir ce que j'avais remarqué.

— Tu parles d'Amy ?

— Ouais, d'Amy et de Keith.

— De Keith ?

— Ouais, comment il était ce soir-là, répondit Warren en prenant à nouveau une longue goulée. Son attitude. S'il avait l'air bizarre, un truc dans le genre. Le plus petit des deux, il s'intéressait surtout à ça.

— Peak. Et qu'est-ce que tu lui as répondu ?

— Ce que tu m'as demandé, Eric. La vérité.

— C'est-à-dire ?

— Qu'il était de mauvais poil.

Je lançai un regard stupéfait à mon frère.

— Mais bon sang, pourquoi tu as dit une chose pareille ?

Warren me lança un regard étonné.

— Dit quoi ?

— Que Keith était de mauvais poil ! Et pour commencer, qu'est-ce que ça veut dire, qu'il était de mauvais poil ?

Warren me dévisagea comme à l'époque où il avait douze ans, et moi huit, et que je lui reprochais d'avoir commis une bêtise.

— J'ai cru qu'il fallait que je leur lâche quelque chose, dit-il d'un ton peu convaincu. Que je leur jette un os. Faut toujours qu'ils aient un os à ronger, les flics, non ?

— D'où te vient une idée pareille ?

Warren ne répondit pas, mais je savais qu'il tirait cette conviction de la télévision.

Je me penchai vers lui en me passant la main dans les cheveux.

— Bon. Qu'est-ce que tu leur as dit exactement ?

Warren eut l'air vaguement effrayé, comme un petit garçon qui a oublié sa réplique dans la pièce de l'école. Je me souvins alors de la cruauté de notre père à son égard, et de ma propre attitude sadique : pour faire plaisir à mon père, pour me sentir proche de lui, j'adoptais souvent le même ton avec Warren : je pointais ses échecs du doigt et minimisais ses réussites. Je me demandai subitement si je n'étais pas en train de recommencer.

— Écoute, Warren, dis-je en essayant de ne pas donner l'impression que je le grondais. Une fillette a disparu. Nous vivons dans une toute petite ville, où cette affaire prend de plus en plus d'importance. Comme moi, tu as vu sa photo partout. Il y en a même une sur la porte de ma boutique. Sans oublier les rubans jaunes de soutien qui fleurissent dans la ville. En clair, les flics ont la pression. Ils sont en première ligne, et ils doivent retrouver Amy, morte ou vive, ainsi que le coupable. Tu vois ce que je veux dire ?

Warren me regarda d'un air vague.

— Ce que je t'explique, c'est que s'ils s'imaginent que Keith est mêlé à cette histoire, ils vont lui tomber dessus. Ils ne chercheront pas plus loin. Ils doivent boucler l'affaire.

Warren acquiesça en abaissant lourdement les paupières.

— Ce qui signifie qu'en leur racontant que Keith était « de mauvais poil », tu leur donnes du grain à moudre. Ils commencent à se dire qu'ils ont un gamin un peu bizarre, sans amis… qui de surcroît était de mauvais poil ce soir-là.

— Et ils commencent à le soupçonner, compléta Warren.

— Exactement.

Il prit une autre gorgée de bière, puis désigna ma bouteille d'un signe de tête.

— Tu bois pas ? me demanda-t-il, comme pour changer de sujet.

Je repoussai ma bouteille.

— Qu'est-ce que tu leur as dit d'autre ? le questionnai-je d'un ton sévère.

Warren se raidit comme un soldat à l'approche d'un officier.

— Que j'ai déposé Keith chez les Giordano. Qu'Amy était dans le jardin. Qu'elle est venue en courant à la voiture. Puis que Keith est descendu et qu'ils sont partis tous les deux. (Il prit une gorgée de bière avec hésitation.) Oh, et aussi que je lui avais dit bonjour.

— Autre chose ?

— Ils voulaient savoir comment elle était avec Keith.

— Comment elle était ?

— Si elle était contente de le voir, si elle a changé d'attitude en l'apercevant, par exemple si elle a eu l'air effrayé.

— Et qu'est-ce que tu as répondu ?

— Je leur ai dit que je n'avais pas fait attention à ça. Puis ils m'ont demandé s'il avait eu des gestes déplacés envers elle.

Je craignais de poser la question, mais je rassemblai mon courage.

— Et alors ?

— Non.

— Est-ce qu'il l'a même touchée ?

— Il l'a prise par la main, répondit Warren. Il l'a prise par la main et ils sont rentrés dans la maison.

— C'est tout ?

— Oui.

— Rien d'autre sur l'humeur de Keith ?

— Non.

— Tu es sûr que tu n'as rien dit d'autre, Warren ?

— Rien du tout. (Il prit une nouvelle gorgée.) Qu'est-ce que j'aurais pu dire d'autre ?

— Si tu as dit autre chose, je dois le savoir.

Warren secoua vigoureusement la tête.

— Pas un mot de plus, Eric, fit-il en levant la main. Je te le jure.

— Très bien, dis-je. Bon, dans ce cas, j'imagine que ce n'est pas trop grave.

Warren prit une gorgée de bière et sourit comme un petit garçon soulagé de se tirer à bon compte d'une situation délicate. Il gloussa :

— Mais je dois avouer qu'ils m'ont foutu la trouille, ces flics.

Puis il rejeta la tête en arrière, comme s'il cherchait dans ses souvenirs, et il ajouta :

— Ce genre de types m'a toujours rendu nerveux.

Je pris une gorgée de bière, presque aussi soulagé que Warren, car il n'avait pas vraiment dit quelque chose d'inquiétant sur Keith. Il continua :

— Ils ont tous le même regard. Plein de soupçons.

Je jetai un coup d'œil à ma montre. J'avais hâte
d'être chez moi. Mais mon frère poursuivit :

— Ils m'ont fait penser à ce gars qui était venu
à la maison après l'accident de maman. Tu sais,
dans la grande maison.

Warren parlait de la demeure que notre père
avait hypothéquée, et que la banque avait fini par
saisir.

— J'adorais cette maison, dit-il. Tu te souviens
quand on faisait du bateau sur l'étang ?

— Ouais.

— Elle n'était déjà plus à nous quand le type
est venu. J'étais en train de faire les cartons...

— De quel type parles-tu ?

— Du type de l'assurance.

— Je n'ai pas souvenir de la visite d'un type de
l'assurance, dis-je.

— Tu étais chez tante Emma, à l'époque.

J'avais douze ans l'été de la mort de ma mère,
et je me rappelle que mon père m'avait conduit
à l'autre bout de la ville pour que j'habite chez
sa sœur le temps que « les choses se stabilisent ».

— Moi, je suis resté avec papa, reprit Warren.
Pour l'aider à faire les cartons, tu te souviens ?

Mon père employait souvent Warren à ce
genre de tâches ingrates, je n'étais donc pas surpris qu'il l'ait fait travailler comme une bête de
somme pour vider la maison avant la saisie.

— Et où était papa, quand le type est venu ?

Warren haussa les épaules.

— Aucune idée. Tu connais papa. (Il regarda sa bouteille vide, puis fit signe qu'il en voulait une autre.) Bref, sans papa, je ne savais pas quoi faire. Mais c'était juste un type de l'assurance, ça me paraissait pas très important.

— Donc tu lui as parlé.

— Oui. J'étais un gamin, lui, un adulte. Il était grand. Comment veux-tu refuser ?

Peg posa brusquement la bière devant Warren et me lança un regard noir en me demandant :

— Et vous ?

— C'est bon pour moi, répondis-je.

Elle repartit lourdement vers le bar.

— De toute façon, il voulait juste me poser quelques questions. Savoir comment ça allait pour nous. (Warren roula sa bouteille entre ses mains, comme s'il craignait que je ne lui fasse des reproches.) Si maman allait bien. Ce genre de trucs. Sur le moment, je n'y ai pas accordé beaucoup d'importance, mais quand j'y repense, ça me fout la pétoche.

— Pourquoi ?

— Parce qu'il avait l'air soupçonneux.

— Soupçonneux de quoi ?

— De nous, je crois. D'histoires dans la famille. De maman et papa. Il m'a demandé s'ils s'entendaient bien.

— Il t'a demandé ça ?

— Pas exactement, mais j'ai eu l'impression qu'il se posait la question.

— Et qu'est-ce que tu lui as répondu ?

— Que tout allait très bien. C'est pour ça que je n'ai pas compris pourquoi papa a été si furieux quand je le lui ai raconté. Il m'a dit que, dorénavant, je devrais la fermer, et il m'a ordonné de ne plus laisser entrer ce type. (Warren prit une gorgée de bière et essuya la mousse sur ses lèvres.) Je pense qu'il a aussi parlé au type, parce qu'il n'est jamais revenu. En tout cas, il faut croire que l'affaire s'est réglée, non ? conclut-il d'un haussement d'épaules.

— Apparemment, dis-je en regardant à nouveau ma montre. Je dois y aller, Warren.

— Ouais. Moi, je vais rester le temps de finir ma bière.

Je me levai.

— Mais souviens-toi, si les flics reviennent, méfie-toi de ce que tu leur dis.

Warren sourit et déclara :

— Tu peux compter sur moi.

10

Quand je rentrai, Keith était dans sa chambre.

— Comment il l'a pris ? demandai-je à Meredith. Que je le décharge de ses livraisons ?

— Je ne sais pas.

Elle tranchait une grosse tomate mûre sur une planche à découper. Le jus du fruit embaumait la cuisine. Elle reprit :

— Comme d'habitude, il n'a pas manifesté la moindre réaction. Aucune émotion. Les psys parlent d'« affect plat ».

— C'est un ado ! protestai-je. Tous les ados sont comme ça !

Meredith cessa de couper sa tomate.

— Tu étais comme ça, toi aussi ? me demanda-t-elle.

Je ne m'attendais pas à cette question. D'instinct, je voulus répondre non. Puis je revis mon père m'annoncer que ma mère avait chuté en voiture d'un pont de dix mètres, et qu'on l'avait retrouvée encastrée dans le volant – un détail qu'il n'avait pas cherché à me cacher. Je m'étais contenté de hocher la tête et de monter dans ma chambre, où j'avais retourné sa photo, puis mis sur ma platine l'album que je venais d'emprunter à un ami. J'avais toujours cru que c'était une façon d'encaisser la douleur, mais tout à coup, je me demandai si j'avais ressenti la mort de ma mère aussi viscéralement qu'on aurait pu s'y attendre. À son enterrement, j'étais resté silencieux auprès de mon père qui ne bronchait pas, me contentant de tripoter ma manche, tandis que Warren sanglotait de tout son corps.

— C'est possible, reconnus-je. À la mort de ma mère, je n'ai pas pleuré.

— Mais je croyais que tu adorais ta mère ! s'étonna Meredith.

— Sans doute. C'est elle qui me poussait à faire des études, qui mettait de l'argent de côté pour ça.

Je me souviens que, malgré notre situation financière déplorable, elle prélevait toujours quelques pièces sur son budget mensuel. Elle appelait ça mon fonds de pension, et elle m'avait fait jurer de n'en parler ni à Warren ni à mon père. Mais cette somme ne pouvait être importante et, après sa mort, j'avais toujours cru que mon père avait découvert la cachette et dépensé ça comme d'habitude, en s'achetant une bonne bouteille de whisky.

— J'aurais dû souffrir à sa mort, repris-je. Pourtant, je ne me souviens même pas d'avoir été triste.

Je repensai au ton tranquille de mon père quand il m'avait annoncé la nouvelle, et à sa voix neutre, dépourvue d'émotion. Il aurait tout aussi bien pu m'annoncer un changement de temps pour le lendemain. J'ajoutai :

— Mon père non plus n'a pas eu l'air spécialement malheureux.

Meredith faisait une drôle de tête, comme si je venais de lui révéler un trait inconnu de ma personnalité.

— Peut-être que Keith tient de toi alors, dit-elle en recommençant à couper la tomate. En tout cas, ce comportement n'est pas censé signifier quelque chose.

— Signifier quoi ?

— Qu'il est un monstre, par exemple.

— Meredith, Keith n'est pas un monstre !

Elle continuait à couper sa tomate.

— C'est exactement ce que je viens de dire.

Je m'installai à la table de la cuisine et déclarai :

— Les flics sont allés voir Warren. Il leur a dit que, l'autre soir, Keith était de mauvaise humeur.

Le couteau à la main, Meredith pivota brusquement vers moi.

— Quel crétin ! lâcha-t-elle.

— Je suis d'accord.

— Merde alors !

— Je sais. Je lui ai dit que, la prochaine fois, il devrait réfléchir avant de parler.

— Comme s'il en était capable ! protesta Meredith. Keith était de mauvaise humeur, et quoi d'autre ?

Avec son couteau à la main, on aurait dit une démente. Elle lança :

— C'est quoi, son problème ? Il est bête, ou c'est encore pire ?

— Pire ?

— Il cherche à attirer des ennuis à Keith ?

— Et pourquoi ferait-il ça ?

— Eric, voyons, c'est évident. Il est jaloux de toi. Il l'a toujours été. Ton père te préférait à lui. Ta mère aussi. Encore aujourd'hui, ton père se fiche que Warren vienne lui rendre visite. Il ne pense jamais à lui. En plus, tu as une femme, un fils, une vraie famille. Et Warren, qu'est-ce qu'il a ? Rien.

C'était vrai, mais je n'y avais jamais songé sous cet angle. Je ne m'étais jamais dit que, déjà dans l'enfance, encore plus maintenant qu'il vivait seul dans une petite maison, mon frère pouvait nourrir de la rancœur contre moi. Mais de là à imaginer qu'il était secrètement ravi de mes ennuis, et qu'il cherchait à les aggraver…

— Tu penses vraiment que Warren voudrait impliquer Keith dans l'affaire Amy ?

— Oui, répondit froidement Meredith.

La force de sa réplique, son absence d'hésitation étaient plus que je n'en pouvais tolérer.

— Je ne peux croire qu'il ferait ça, Meredith.

Son regard se fit moins agressif, et je vis en elle une petite fille désemparée.

— Tu es incapable de voir la méchanceté chez les gens, Eric. Et je pense que tu ne changeras jamais.

Incapable de répondre à une telle attaque, je me contentai d'acquiescer et d'aller regarder la télévision dans le salon. C'était l'heure des informations. Ils commencèrent bien sûr par la disparition d'Amy.

« Rien de bien nouveau, déclara le journaliste, mais la police suit des "pistes prometteuses". »

Des pistes prometteuses.

Je jetai un coup d'œil par-dessus mon épaule vers la cuisine. Meredith avait les yeux rivés sur l'écran.

— Des pistes prometteuses, répéta-t-elle d'un ton sarcastique. Je me demande combien d'entre elles viennent de notre bon Warren.

Je me retournai face au poste. Ils diffusaient un reportage où Peak et Kraus apparaissaient au milieu d'une marée de micros, Peak sur le devant, Kraus en retrait, très raide. Pendant quelques secondes, Peak résuma les derniers développements. La police, dit-il, suivait un certain nombre de pistes. On avait mis en place un numéro de téléphone d'urgence, et certaines informations recueillies paraissaient « crédibles ».

— Crédibles, grogna Meredith en s'asseyant sur le canapé près de moi. Sauf si elles venaient de Warren…

— Meredith, je t'en prie.

Peak termina son compte rendu en affirmant que la coopération avec les Giordano était totale, qu'ils n'étaient pour rien dans la disparition de leur fille, et qu'ils avaient d'ailleurs confié l'ordinateur familial aux policiers pour qu'ils vérifient qu'Amy n'était pas entrée en contact sur Internet avec des « individus suspects ».

Puis Peak tourna les talons et disparut dans le bâtiment du quartier général de la police.

— Vous avez un suspect ?

La question avait surgi de la foule de journalistes entassés sur les marches, mais quand il se retourna, Peak sembla savoir d'où venait la question.

— Nous sommes sur plusieurs pistes, déclara-t-il.

— Mais avez-vous un suspect en particulier ? insista le journaliste.

Peak lança un coup d'œil à Kraus, puis regarda la caméra.

— Nous poursuivons notre enquête. Voilà tout ce que je peux vous dire.

Puis, presque comme un fantôme, il disparut.

— Ils poursuivent leur enquête, reprit Meredith d'un air inquiet. Sur Keith.

— Nous n'en savons rien, lui dis-je.

Elle me lança le même regard que lorsque j'avais rejeté l'idée que Warren veuille nous nuire.

— Si, nous le savons, m'assena-t-elle.

Une heure plus tard, nous dînions tous les trois. Courbé en silence sur sa chaise, Keith jouait avec la nourriture plus qu'il ne mangeait. Devant un tel spectacle, j'avais peine à imaginer comment Peak et Kraus pouvaient nourrir des soupçons contre lui. Keith semblait bien trop apathique pour constituer une réelle menace. Il suffisait de le voir pour en conclure qu'il n'avait pu toucher à Amy Giordano, il était trop indolent et trop peu organisé pour faire un assassin.

Je me convainquis que la personne que devait suspecter la police était musclée, avec des bras et des jambes courts mais puissants. Un vagabond ou un étranger, peut-être. N'importe qui, du moment qu'il ne s'agissait pas de Keith.

— Comment ça s'est passé à l'école? demandai-je, regrettant aussitôt, car c'était tout à fait le genre de questions que les adolescents détestaient.

— Bien, dit-il, laconique.

— Bien, c'est tout?

Il attrapa un haricot vert comme s'il jouait au mikado.

— Bien, répéta-t-il, d'un ton un peu agacé, comme un criminel las de subir des interrogatoires.

— Y a-t-il quelque chose que nous ayons besoin de savoir? demanda Meredith de son ton habituel, qui signifiait: «Arrête ton cirque».

— Comme quoi? demanda Keith.

— Sur Amy, par exemple, dit Meredith. Tu as des ennuis à propos d'Amy?

Il attrapa un autre haricot vert et le regarda comme s'il allait se transformer en ver de terre, puis le laissa retomber sur son assiette.

— Personne ne m'en a parlé.

— Cela va arriver, déclara Meredith.

Keith se gratta le visage, mais ne dit rien.

— Keith, insista Meredith. Tu m'as entendue?

Il laissa tomber une main sur ses genoux.

— Oui, maman.

Il ne prononça pas un mot de plus pendant le repas, puis s'excusa et repartit dans sa chambre.

Je débarrassai avec Meredith, chargeai le lave-vaisselle, et finalement m'installai avec elle au salon devant la télévision. Nous n'avions rien à nous dire, mais le silence ne nous dérangeait pas. Nous ne pouvions penser à autre chose que Keith, et comme il était impossible d'aborder le sujet sans accroître notre anxiété, nous préférions nous taire.

Je montai me coucher quelques heures plus tard. Meredith m'accompagna et lut un peu. Je savais qu'elle essayait de se changer les idées. Elle s'était toujours protégée avec les livres. Pendant la maladie de sa mère, elle lisait beaucoup, tout particulièrement à son chevet, elle dévorait des piles d'ouvrages, comme s'ils lui permettaient de tenir à distance sa disparition prochaine. Et là, elle utilisait à nouveau cette technique pour chasser de son esprit les ennuis qu'encourait notre fils.

Quand elle tendit la main vers la lumière, il était clair que sa tactique avait échoué.

— Tu crois que Keith devrait aller voir un psychologue ? me demanda-t-elle en se tournant vers moi et en posant la tête dans sa main. Il y en a un à l'école qui s'appelle Stuart Rodenberry. Il paraît qu'il est excellent.

— Keith ne voudra jamais parler à un psychologue, dis-je.

— Comment le sais-tu ?

— Il ne parle à personne.

— Tu ne crois pas qu'on a tous besoin de parler à quelqu'un ?

— Quand tu t'exprimes comme ça, j'ai l'impression d'*écouter* un psychologue.

— Je suis sérieuse, Eric. On devrait peut-être demander à Stuart de recevoir Keith.

Je ne savais que dire. J'ignorais si c'était une bonne idée, je m'abstins donc de répondre. Meredith reprit :

— Stuart sera au cocktail de Mr May vendredi. Je te le présenterai. Si tu penses qu'il y a une chance que Keith accepte, on pourrait commencer par là.

— Très bien.

Sur ce, Meredith éteignit la lumière.

Je restai allongé dans le noir, incapable de trouver le sommeil, et à mesure que l'heure tournait, je repensais à mes parents, cette première famille qui, en dépit des tragédies qu'elle avait subies, me semblait malgré tout moins touchée par le malheur que Meredith et moi. Une sœur morte à l'âge de sept ans, une mère décédée dans un accident de voiture, un père déchu qui terminait ses jours dans une maison de retraite minable, un frère alcoolique, c'était en fait très classique. Comparés aux miens, les problèmes des autres familles m'apparaissaient très ordinaires. La situation de Keith était bien plus terrible et bien plus inquiétante. Je ne pouvais chasser l'image de mon fils surgissant de l'obscurité ce soir-là, puis regagnant la maison, montant l'escalier à pas furtifs, et ne se retournant même pas au moment où je l'avais appelé, comme s'il craignait mon regard. Cette scène m'en rappela vaguement une autre. Et tout à coup, je me souvins du jour de la mort de Jenny. Mon père avait obligé Warren à la veiller toute la nuit. Mon frère redoutait ça, il avait essayé de se défiler, mais mon père ne lui avait pas laissé le choix.

— Suffit que tu restes près de son lit, bon sang, Warren ! avait-il aboyé, sous-entendant qu'il n'aurait de toute façon jamais demandé à Warren quelque chose de plus compliqué, tant il était bête.

Warren avait donc pris son tour de garde auprès de Jenny à minuit, et il avait regagné sa chambre à six heures, quand ma mère était venue le relever. Ses pas lourds m'avaient réveillé. Il semblait perdu et débraillé alors qu'il s'éloignait à l'aube dans le couloir. J'étais sorti de ma chambre et je l'avais vu face à sa porte, exactement comme Keith, incapable de me regarder alors que je lui demandais des nouvelles de Jenny, se contentant de murmurer : « Je vais me coucher », avant d'ouvrir sa porte et de disparaître.

La similitude entre ces deux scènes me frappa, mais cette similitude allait au-delà de l'attitude de deux ados fatigués et débraillés. Il y avait aussi une similitude de ton, d'humeur, comme si ces deux garçons subissaient des pressions identiques. Dans les deux cas, réalisai-je soudain, la situation était liée au destin d'une petite fille.

Mon anxiété s'accrut. Je me levai, sortis dans le couloir et descendis jusqu'à la cuisine, où je m'assis dans le noir en réfléchissant aux deux scènes et en me demandant pourquoi le lien entre elles me semblait si fort.

Je compris peu à peu, comme lorsque l'obscurité se teinte de gris avant que le jour se lève. La similarité n'était pas entre les deux scènes, mais entre mon frère et mon fils. Même si j'avais du mal à l'admettre, ils étaient tous deux perdants à la loterie de la vie, prisonniers de leurs échecs, membres de cette cohorte méprisée d'individus dont le seul atout était de savoir étouffer leur colère.

Il l'a prise par la main et ils sont rentrés dans la maison.

Les mots de Warren me firent tout à coup penser à autre chose. Karen Giordano avait téléphoné à Keith pour qu'il vienne garder leur chère petite Amy : des cheveux noir de jais, un teint parfait, une enfant intelligente, curieuse, un avenir séduisant et brillant. À huit ans, Amy faisait déjà partie des gagnants de la vie.

Le surnom que Keith avait donné à Amy m'écorcha le cerveau par son cynisme : Princesse Parfaite.

Je vis Keith prendre Amy par la main et la conduire dans la maison. Était-ce possible, me demandai-je, que sa beauté et son intelligence aient poussé Keith au meurtre, qu'Amy ait représenté un affront pour lui, au point qu'il soit sorti de son apathie ?

— Keith haïssait-il Amy ? murmurai-je.

Je sentis une vague d'angoisse me submerger. Je sortis dans le jardin et scrutai le ciel nocturne. Autrefois, j'avais souvent trouvé du réconfort dans la beauté des étoiles. Mais là, leur scintillement me ramenait au mystérieux faisceau des phares le soir où Keith était rentré. J'imaginai une silhouette au volant, Keith sur le siège du passager, et j'ajoutai une troisième image : une petite fille nue sur le plancher, attachée et bâillonnée, geignant doucement, ou bien raide et silencieuse, les baskets aux lacets défaits de mon fils pressées contre son visage blême et sans vie.

11

Cette vision était atroce, et j'avais beau n'avoir aucune preuve de sa réalité, je ne parvenais pas à la chasser de mon esprit. Toute la nuit, je pensai à cette voiture, à ce chauffeur mystérieux et à mon fils, et je craignais de plus en plus que Keith ne m'ait menti.

J'étais le seul à avoir vu cette voiture, et pourtant, le lendemain matin, je me sentais incapable de garder ça pour moi. Juste après que Keith eut dévalé l'escalier puis filé à l'école en vélo, je décidai d'en parler à Meredith.

— Je pense que Keith nous cache quelque chose, bredouillai-je.

Elle avait déjà enfilé sa veste et se dirigeait vers la porte. Elle pivota brusquement vers moi. Je continuai :

— Il a dit qu'il était rentré à pied l'autre soir, mais je n'en suis pas sûr.

— Et qu'est-ce qui te fait dire ça ?

— J'ai vu une voiture s'arrêter à l'orée du bois. Quelques secondes plus tard, Keith est apparu dans l'allée.

— Tu penses donc que quelqu'un l'a ramené ce soir-là ?

— Je ne sais pas. C'est possible.

— Tu as vu le conducteur ?

— Non. La voiture n'a pas remonté l'allée.

— Tu ne peux donc pas affirmer que Keith est descendu de cette voiture ?

— Non.

— Et pourquoi tu ne me l'as pas dit plus tôt ?

— Je ne sais pas. Peut-être que j'avais peur de…

— D'être confronté à ça ?

— Oui.

Elle réfléchit quelques instants, puis dit :

— Il ne faut pas en parler maintenant, Eric. Ni à la police ni à Leo. Pas même à Keith.

— Mais s'il a menti, Meredith ? Quand je l'ai retrouvé en ville le jour où la police l'attendait ici… Avant de le ramener, je lui ai expliqué qu'il devait dire la vérité. Que sinon…

— Non, répéta fermement Meredith, tel un capitaine prenant le commandement d'un vaisseau en perdition. Il ne peut plus changer de version. Ni même ajouter quoi que ce soit. Sinon, ça sera retenu contre lui. Et il y aura plein d'autres questions. Il devra mentir encore plus.

Cette dernière phrase résonna comme un coup de tonnerre lointain annonçant l'orage qui se rapprochait inexorablement.

— Mentir à propos de quoi ?

Elle sembla chercher une réponse, puis lâcha :

— Mentir à propos de ce soir-là.

— De ce soir-là ? Car tu penses qu'il sait quelque chose sur…

— Bien sûr que non, Eric, répliqua Meredith d'une voix ferme mais peu convaincante.

Je me demandai si, comme moi, elle aussi commençait à avoir des soupçons.

— Eric, le problème, c'est que s'ils apprennent qu'il a menti, ils lui poseront d'autres questions. Sur lui. Sur nous.

— Sur nous ?

— Sur la raison pour laquelle on l'a couvert.

— On ne l'a pas couvert.

— Si. Tu n'as rien dit à propos de la voiture que tu as vue ce soir-là.

— C'est vrai. Mais je n'ai pas pour autant couvert Keith. Ce n'est pas comme de dissimuler une arme ensanglantée. Il ne s'agissait que d'une voiture. Et je ne suis même pas certain que Keith se trouvait dedans.

Meredith me fusilla du regard.

— Eric, tu assistes à l'interrogatoire de Keith par des flics dans notre salon. Tu écoutes ses réponses, tu sais qu'il est peut-être en train de mentir, mais tu ne dis rien. Tu ne peux pas en parler maintenant. C'est trop tard.

— D'accord. Je ne dirai rien.

— Bien, fit Meredith.

Puis, sans un mot, elle tourna les talons, ouvrit la porte et partit vers sa voiture, les talons de ses chaussures claquant comme des coups de feu.

Malgré l'avis de Meredith, je songeai à appeler Leo Brock, mais je m'en abstins. Meredith aurait prétendu que j'avais trop peur d'affronter la colère de Leo s'il apprenait que je lui avais dissimulé quelque chose.

En fait, ma raison était tout autre. Dans la matinée, je fus soudain animé d'un espoir. Il ne reposait sur rien, j'en conclus donc que nous étions des êtres programmés pour espérer coûte que coûte, même face à un destin implacable. Nous rêvons encore de paix au moment où les bombes explosent tout autour de nous. Nous espérons que notre tumeur ne grossira pas, que nos prières ne se dissoudront pas dans le ciel. Nous espérons être toujours amoureux, que nos enfants deviendront des gens bien. Et même à l'instant où notre voiture franchit le bord de la falaise, nous espérons atterrir sur un tapis volant. Et quand c'est vraiment trop tard, les dernières fibres de notre corps espèrent alors une mort sans douleur, voire une glorieuse résurrection.

Je savais que mon espoir, ce matin-là, était vain. Et pourtant, la vie semblait suivre son cours. Les clients entraient et sortaient, mais aucun n'avait le comportement de Mrs Phelps la veille. Ils étaient souriants et polis, et ils n'évitaient pas mon regard. Peut-être commençaient-ils à oublier l'affaire à mesure que l'urgence s'éloignait. Peut-être mes clients avaient-ils admis le fait qu'Amy avait disparu, et qu'on ne saurait jamais ce qui lui était arrivé. Les affiches avec sa photo finiraient par être décrochées, les petits rubans jaunes s'effiloche-raient, puis seraient jetés à la poubelle. Un temps, les habitants de Wesley se souviendraient vague-ment que mon fils était lié à cette disparition, mais leurs soupçons finiraient par se dissiper et nous reprendrions enfin une vie normale. Voilà l'illu-sion dont je me berçais ce matin-là, si bien que, lorsque je retournai à la boutique après déjeuner, je croyais presque que le pire était passé.

Mais je le vis surgir telle une créature des ténèbres.

Il descendit du camion de livraison avec lequel il transportait ses fruits et légumes. Il portait sa veste et sa casquette vert vif. Sa silhouette trapue était bizarrement voûtée, comme s'il portait une énorme et invisible pierre.

— Salut, Vince, dis-je.

Je vis combien il avait souffert ces jours der-niers. Son angoisse était inscrite sur ses traits. Il avait les yeux rouges et d'énormes cernes noirs, et on avait l'impression que des poids étaient sus-pendus à ses joues, tellement elles s'affaissaient.

— Karen ne voulait pas que je vienne te par-ler, annonça-t-il. Les flics ne seraient sans doute pas contents non plus.

— Dans ce cas, ce n'est peut-être pas une bonne idée, avançai-je.

Il chercha son équilibre. Si ç'avait été Warren, je l'aurais soupçonné d'être saoul. Mais pour ce que j'en savais, Vince Giordano ne buvait pas, surtout en plein après-midi.

— Peut-être. Je ne sais pas, dit-il en regardant ma vitrine, puis en se retournant vers moi. Mais c'était plus fort que moi.

Il avait toujours été rougeaud, mais je remarquai qu'il semblait cette fois avoir le visage à vif. Je l'imaginai se griffant de désespoir, comme un animal qui se ronge la patte à défaut de pouvoir ouvrir la cage qui le retient prisonnier.

— Karen ne peut plus avoir d'enfants, me dit-il. Déjà, pour Amy, ça n'a pas été facile. Et après, plus moyen.

Je hochai doucement la tête, mais sentais ma peau se durcir, comme si elle formait une armure.

— Je suis désolé, Vince.

Ses yeux brillèrent.

— Je dois retrouver Amy, me dit-il. Elle est tout ce qu'on a, Eric. Tout ce qu'on a jamais eu. Il faut qu'on la retrouve. (Il aspira une longue bouffée d'air, puis regarda en direction du parking.) Même si... c'est... dans un fossé, ou quelque chose dans ce genre. Tu vois ? lança-t-il avec un regard plaintif.

— Oui.

— Un fossé où elle serait...

Tout à coup, il vacilla, se rapprocha de moi, enfouit son visage dans mon épaule et se mit à sangloter :

— Oh, mon Dieu, faites que je la retrouve.

Je passai un bras autour de son épaule, mais il se dégagea rapidement, comme s'il venait de prendre une décharge électrique.

— Dis-lui ça, d'accord ? À Keith. Dis-lui que je dois la retrouver.

— Keith ignore où est Amy.

Ses yeux se braquèrent sur moi comme deux rayons.

— Dis-lui ça, c'est tout.

Je voulus répondre, mais il tourna les talons et repartit vers son camion, ses bras courtauds fendant mécaniquement l'air, comme une marionnette.

— Keith ne sait rien ! lui criai-je.

Vince ne se retourna pas. Il ouvrit grande sa portière et s'installa au volant. Un instant, sa tête plongea, puis il se tourna vers moi. Je mesurai alors l'ampleur de son chagrin, et je compris que son univers n'était plus que ténèbres. Tout ce qui avait compté pour lui n'avait plus aucune importance. J'entendis à nouveau ses paroles désespérées : « Je dois la retrouver. » Sous son angoisse, on sentait la colère. Vince mettrait des villes à sac, assécherait des océans, brûlerait toutes les forêts sur terre pour tenir à nouveau Amy dans ses bras, morte ou vive. Pour lui, l'existence pesait trente kilos et ne mesurait pas plus d'un mètre vingt. Le reste n'était que poussière.

Je n'avais pas le courage d'aller ouvrir ma boutique, et aucune envie de montrer à Neil à quel point j'étais sous le choc. Il me poserait des questions auxquelles je n'avais pas envie de répondre.

Alors je gagnai l'autre bout du centre commercial et j'appelai Leo Brock.

— J'ai eu… une petite confrontation avec Vince Giordano, lui annonçai-je.

— Quand ça ?

— À l'instant.

— Où ça ?

— Sur le parking devant ma boutique.

— Qu'est-ce qu'il t'a dit ?

— Qu'il voulait retrouver Amy. Il m'a dit de le dire à Keith.

— Je vois.

— Leo, il pense que Keith y est pour quelque chose. Il en a l'air convaincu.

Il y eut un silence. J'entendais presque les rouages dans le cerveau de Leo.

— Écoute, Eric. La police semble persuadée qu'il y a un mystère quelque part. Qu'on lui cache quelque chose.

— Que veux-tu dire ?

— Je n'en sais pas plus. Ce n'est pas très précis. Mais ils ont le sentiment qu'il y a un mystère quelque part.

— Avec Keith ?

— Avec quelqu'un. Le gars qui m'a dit ça est resté évasif.

— Un mystère, répétai-je. D'où leur vient une idée pareille ?

— Je ne sais pas. Peut-être qu'on les a renseignés.

— Renseignés ? Qui ça ?

— N'importe qui. Peut-être sur la ligne télépho-nique qu'ils ont mise en place. Tu sais comment ça marche. C'est anonyme, ces trucs-là. N'importe qui peut appeler et raconter tout ce qu'il veut.

— Mais les flics ne croient tout de même pas tout ce qu'on leur raconte, non ?

— Non. Mais si l'information semble crédible, ils enquêtent. Surtout dans une affaire comme celle-ci : une petite fille disparue. Ils subissent une pression énorme, Eric, tu le sais.

Puis Leo se tut comme un prêtre dans un confessionnal. Son silence était aussi lourd que l'instant où l'on descend un cercueil dans une tombe. Il reprit :

— Alors si tu as une idée de ce que peut être ce mystère…

Je ravalai mon envie de lui parler de la voiture.

— Comment veux-tu que je le sache ? Ça peut être n'importe quoi. C'est si vague.

— Je suis bien d'accord, Eric, et ne t'inquiète pas pour Vince Giordano. Je peux obtenir une ordonnance de restriction en deux secondes. Mais sache bien que la police va enquêter.

— Sur quoi ?

— Tout ce qui, de son point de vue, peut about-ir à une piste. Ils ne cherchent pas dans une seule direction. S'ils ont de nouveaux éléments, par exemple grâce à la ligne téléphonique, ils vont foncer. Même si, au final, ça s'avère être une rumeur. C'est une enquête de police, Eric, pas un procès. Les règles ne sont pas les mêmes.

Je secouai la tête.

— La ligne téléphonique. Mon Dieu. Il suffit d'appeler, de dire quelque chose et...

— En effet, me coupa Leo. Alors laisse-moi te poser une question. Y a-t-il quelqu'un qui pourrait vouloir vous nuire, à Meredith ou à toi ?

— En faisant porter le chapeau à Keith ?

— Par exemple. Ou bien en racontant des histoires.

— Quel genre d'histoires ?

— Tout ce qui pourrait intéresser la police.

J'eus un rire glacial.

— Par exemple, que nous sommes trafiquants de drogue, ou que nous pratiquons des rites sataniques ?

Leo répondit d'un ton grave :

— N'importe quoi, Eric.

Tout à coup, je me sentis vidé, mon optimisme de la matinée écrasé comme une charogne sur la route.

— Oh non, oh non, fut tout ce que je parvins à dire.

— Je ne sais pas quel est ce mystère, reprit Leo. Selon moi, sans doute pas grand-chose. Mais dans une affaire comme celle-ci, il ne leur en faut pas beaucoup, aux flics.

Je levai doucement la main, comme un boxeur épuisé qui attend le gong, et je déclarai :

— Eh bien, la réponse est non. Il n'y a pas de mystère chez nous.

Au bout d'un moment, Leo dit d'une voix plus ferme :

— Très bien. Tu veux que je passe à l'action en ce qui concerne Mr Giordano ?

Je repensai au visage ravagé de Vince enfoui dans mon épaule, à ses sanglots.

— Non. Pas pour le moment.

— Très bien, dit à nouveau Leo, apparemment un peu déçu. Mais s'il revient, dis-le-moi.

— Promis.

À ces mots, il raccrocha. Mais ses paroles continuèrent à cheminer en moi, la référence à un « mystère », l'idée que quelqu'un puisse vouloir du mal à Meredith, Keith ou moi, qu'on cherche à briser notre petite famille. J'imaginai une voix anonyme sur la ligne de la police, un corbeau nous accusant d'inceste ou de viol. Mais plus la liste des chefs d'accusation s'allongeait, plus je chassais cette voix. Au final, il fallait prouver ce qu'on disait. Les soupçons ne faisaient pas tout.

Pas tout ?

Tout à coup, je songeai à autre chose, à ce type mystérieux venu interroger Warren, un type de l'assurance, une semaine après que la voiture de ma mère eut défoncé le parapet du pont Van Cortland et plongé dans l'eau.

Mais que cherchait-il donc ? me demandai-je avec une soudaine et inexplicable terreur.

12

Pour la première fois depuis des années, je n'avais pas envie de rentrer chez moi. Et pourtant, j'ignorais que, peu de temps après, je quitterais à jamais cette maison.

Je la vis pour la dernière fois par une fraîche journée d'octobre. L'état des lieux était prévu pour l'après-midi, et les nouveaux propriétaires, un avocat avec sa jeune femme et deux petits enfants, étaient impatients d'emménager. J'arpentai les pièces vides l'une après l'autre, d'abord la cuisine et le salon, puis la chambre que Meredith et moi avions occupée si longtemps. Je scrutai le tapis de feuilles mortes par les fenêtres couvertes de givre. Puis je remontai le couloir où j'avais vu Keith cette fameuse nuit, franchis la porte de son ancienne chambre, puis regardai par la fenêtre près de laquelle il avait un jour suspendu un tissu noir, que j'avais finalement arraché dans un geste furieux. Les mots que j'avais alors prononcés résonnaient encore dans ma mémoire : « Ça suffit les cachotteries ! »

Peut-être cette violence avait-elle commencé à monter en moi le soir où je décidai de ne pas rentrer tout de suite. J'appelai Meredith pour la prévenir de mon retard. J'essayai d'abord de me plonger dans une tâche répétitive en emballant des photos qui montraient des familles devant leur cabane en bois ou au bord d'un lac. Peut-être avais-je commencé à sentir que les murs qui protégeaient ma famille se craquelaient, mais je pensais encore que si j'ignorais ces fêlures, elles disparaîtraient, qu'Amy serait rendue à Vince et Karen. Et là, je retrouverais l'affection de Meredith et de Keith et ainsi j'échapperais à tous les fantômes qui rôdaient autour de cette famille un jour formée avec mon père et ma mère, Jenny et Warren. Ce dernier m'avait confié des choses d'une voix que j'imaginais tout à coup sur la ligne téléphonique de la police. Une voix qui nous accusait, Meredith et moi, des pires maux.

J'ignore combien de temps je restai à la boutique après la fermeture, mais il faisait nuit quand je la quittai et marchai jusqu'à ma voiture. Neil était resté lui aussi, et faisait mine de garnir des étagères qui n'en avaient nul besoin. Je savais qu'il me surveillait du coin de l'œil, prêt à me tendre une épaule compatissante. Il partit juste après sept heures. Je travaillai une heure de plus, peut-être deux. Le temps s'écoulait sans heurt, et j'avais l'impression d'être porté par son courant invisible comme une embarcation sans gouvernail filant vers la brume qui cache des chutes vertigineuses.

Je m'installai au volant, mais je ne démarrai pas. Tous les magasins de la galerie marchande étaient fermés, et je jetai un rapide coup d'œil à leurs vitrines. Pour y trouver quoi ? Sans doute des indices. Je me posais des questions sur la famille que j'avais formée avec mes parents, mais je savais que je devais les chasser de mon esprit pour me concentrer sur les événements actuels, bien plus importants. Qu'est-ce que je voulais ? Sans doute réfléchir malgré la crise, la mettre en perspective, imaginer des scénarios : Amy retrouvée vivante, Amy assassinée, Keith disculpé, Keith dans le couloir de la mort. Aucune pensée n'était ni trop optimiste ni trop pessimiste pour moi ce soir-là, et je passais de l'espérance au désespoir. Je n'avais aucune certitude, mis à part la vision de cette voiture au bout de l'allée, et Keith qui surgissait de l'obscurité pour se diriger vers la maison.

Tout à coup, la voix de Leo Brock s'éleva dans ma tête : « Es-tu déjà allé au château d'eau ? »

Comme d'habitude, la réponse de Keith avait été un non laconique.

Et pourtant, entre la question de Leo et la réponse de Keith, une lueur avait brillé dans les yeux de mon fils, la même flamme sombre que j'avais aperçue quand il était rentré le soir où Amy avait disparu.

J'avais oublié ce détail pendant des jours, j'avais occulté la découverte du pyjama d'Amy. Mais tout à coup, je ressentis le besoin d'aller faire un tour là-bas, de voir cet endroit de mes propres yeux, peut-être avec l'espoir d'y découvrir quelque chose, une mèche de cheveux, un bout de papier qui me conduirait à Amy. C'était une idée absurde, je le savais, mais j'en étais à un point où l'absurdité devient réalité : mon fils soupçonné, même de loin, d'un crime, et mes doutes à son égard. Je mis le contact, pris à droite, quittai le parking et me dirigeai vers le nord de la ville où, quelques minutes plus tard, j'aperçus le château d'eau dans le lointain, immobile et cylindrique, semblable à un vaisseau spatial.

Le chemin en terre qui y menait était cahoteux, sinueux et étroit. Des murs de végétation l'encadraient, et parfois tendaient leurs doigts squelettiques vers ma vitre.

Le chemin s'incurva vers la gauche, puis décrivit un grand cercle autour du château perché sur ses échasses en métal. Il n'y avait pas vraiment de parking, mais j'aperçus par terre des carrés d'herbe creusés par des voitures.

Je finis par me garer au milieu de nulle part et éteignis mes phares. Il n'y avait désormais plus rien pour illuminer les ténèbres.

Je restai immobile dans la pénombre et scrutai le sol sous le château d'eau. Les mauvaises herbes étaient agitées par le vent qui, çà et là, soulevait des détritus.

Tout semblait normal. Cet endroit désert aurait pu se trouver dans n'importe quelle ville des environs : toutes possédaient leur château d'eau, et celui-ci ne se distinguait en rien des autres.

Pourtant, je ne tardai pas à comprendre qu'il était utilisé à des fins de rencontre.

J'eus bientôt l'impression d'assister à une scène qui aurait dû rester secrète, comme ces randonneurs qui tombent sur des plants de marijuana au milieu d'un champ de maïs. Amy Giordano avait-elle été amenée ici, non parce que c'était un endroit discret, mais dans un but bien précis? Je l'imaginai nue et ligotée, cernée de silhouettes masquées qui marmonnaient des incantations, puis étendue sur un autel de fortune, des lames argentées se dressant au-dessus d'elle tandis que les mantras atteignaient un pic. Et là, un couteau s'abattait, chaque silhouette venait la frapper à tour de rôle jusqu'à ce que…

À cet instant, je vis de la lumière.

Des phares rebondissaient sur le chemin en terre que j'avais emprunté quelques minutes plus tôt. Le véhicule fit lentement le tour du château, son conducteur regardait droit devant lui, si bien que je ne le vis que de profil.

De toute évidence, il connaissait l'endroit, car il se dirigea aussitôt vers un emplacement, puis recula et éteignit ses phares.

Ma voiture était dissimulée derrière des buissons, et je pensais qu'il ne m'avait pas vu, même s'il aurait pu apercevoir mon capot. En tout cas, ma présence ne l'alarmait pas. À travers l'étrange brume sous le château, je l'observai tandis qu'il restait dans sa voiture. Il demeura totalement immobile. Je décelai enfin un léger mouvement et, l'instant d'après, une flamme d'allumette éclaira une cigarette. Il prit une première bouffée, et la braise s'illumina ensuite à chaque inhalation.

Les minutes passèrent, et l'homme se fit moins inquiétant. J'imaginai un inoffensif oiseau de nuit, peut-être un type malheureux en ménage qui venait se réfugier là pour réfléchir ou, au contraire, tout oublier.

Mais une deuxième voiture surgit bientôt dans la pénombre, ses phares balayant la végétation. Elle s'arrêta près du premier véhicule.

Une femme de petite taille, mais assez forte, avec des cheveux blond platine, sortit et rejoignit la voiture de l'homme. Malgré l'obscurité, je compris qu'elle discutait avec lui. Puis elle plongea en avant. L'homme prit une dernière bouffée de cigarette, puis la jeta par la fenêtre. La femme réapparut un instant, et je crois qu'ils rirent tous les deux. Puis elle s'inclina à nouveau, et resta invisible jusqu'à ce que l'homme rejette brusquement la tête en arrière et se relâche avec ce que, même de loin, j'identifiai comme un soupir de satisfaction.

J'aurais aimé partir. Je me sentais comme un voleur qui pénètre dans une chambre occupée, mais je restai là, tête baissée pour ne pas regarder en direction des deux voitures. Un claquement de portière me ramena à la réalité. La femme quittait la voiture pour regagner la sienne. En chemin, elle attrapa le sac à son épaule, l'ouvrit et y glissa quelque chose. Quelques secondes plus tard, elle démarra, et l'autre voiture la suivit. Toutes deux contournèrent le château et s'enfoncèrent dans la végétation pour rejoindre la grand-route.

Je restai un moment sur place, craignant de rattraper l'un ou l'autre, et qu'ils comprennent que je me trouvais au château en même temps qu'eux.

Cinq minutes s'écoulèrent, puis dix, et je me sentis enfin libre de partir. Je rentrai chez moi, où je savais que Meredith serait en train de lire au lit et Keith retiré dans sa chambre, à écouter de la musique ou à jouer à l'ordinateur. Je croyais savoir à quoi pensait Meredith : à Keith, ou à un problème à son école. En revanche, j'ignorais à quoi pensait Keith. Mon fils était un garçon qui fumait, jurait, mentait peut-être à la police et à moi-même – j'ignorais combien de fois il m'avait menti. En tout cas, je savais que l'auteur du coup de fil anonyme à la police avait raison, qu'il y avait un mystère.

13

Le lendemain, Keith alla comme d'habitude au lycée. Par la baie vitrée, je le regardai enfourcher sa bicyclette et gravir la petite côte jusqu'à la route. Il n'avait que son cartable sur son dos, mais je le sentais pourtant chargé de quelque chose de bien plus lourd : trouble, solitude, isolement. Rien que de très classique à l'adolescence. Je partis au travail en essayant d'oublier qu'il portait peut-être un fardeau beaucoup plus important encore.

— Pas de nouvelles, bonnes nouvelles, j'imagine.

Je tournai les talons pour découvrir Meredith qui, elle aussi, regardait Keith atteindre le sommet de la côte et disparaître.

— Pas de nouvelles des flics, dit-elle. J'ose croire que c'est une bonne nouvelle.

Je continuai à scruter les bois.

— Je l'espère.

Elle inclina la tête vers la droite.

— Eric, tu semble bien pessimiste. Ce n'est pas ton genre. Ça va ?

Je lui fis un faible sourire.

— Je suis fatigué, c'est tout. À force de penser à ça.

— C'est normal. Et puis, ton entrevue avec Vince Giordano n'a pas dû être facile. (Elle posa les mains de chaque côté de mon visage.) On va au cocktail de Mr May demain soir, histoire de prendre du bon temps, de sortir un peu de ce marasme. On en a bien besoin tous les deux, non ?

— En effet.

Là-dessus, elle m'embrassa, quoique rapidement, tourna les talons et monta se préparer dans notre chambre.

Je restai près de la fenêtre où je regardai les rayons de soleil se glisser à travers les grands arbres. Je n'avais jamais remarqué à quel point elle était belle, cette forêt qui entourait notre maison. Je repensai au jour où nous y avions emménagé. Avant de décharger le camion, nous avions pris le temps de l'admirer, Meredith et moi avec Keith sur les genoux. Comme cette journée avait été heureuse. Ce matin-là, nous étions blottis tous les trois dans cet endroit parfait, et nous souriions.

C'était un jeudi matin. Au lieu d'aller directement à la boutique, je passai à la maison de retraite où mon père résidait depuis quatre ans. Depuis son installation là-bas, je lui rendais visite une fois par semaine, le même jour, à la même heure. Avec l'âge, il détestait de plus en plus les surprises, y compris les cadeaux inattendus et les visites à l'improviste.

Comme d'habitude, il m'attendait dans son fauteuil roulant sous le grand porche. Même en hiver, il préférait que nous bavardions dehors. Mais, ces derniers temps, je l'avais parfois retrouvé dans la salle commune, son fauteuil à quelques mètres de la cheminée.

— Bonjour, papa, dis-je en montant les marches.

— Eric, fit-il avec un petit hochement de tête.

Je m'assis dans le siège à bascule près de lui et jetai un coup d'œil à la pelouse. Elle était mal entretenue, parsemée de mauvaises herbes et de pissenlits, ce qui, je le savais, lui déplaisait.

— Ils attendent que le gel ait raison de ces saloperies, grommela-t-il.

Il avait toujours veillé à ce que le grand jardin qui entourait notre maison d'Elm Street soit impeccable. Au fil des années, il avait dû embaucher et virer une dizaine de jardiniers. D'après lui, ils étaient soit paresseux, soit incapables, et pourtant, il n'avait jamais autorisé ma mère à combler leurs insuffisances en s'armant d'une binette à leur place. Son boulot à elle, c'était de s'occuper de mon père, de s'assurer que ses costumes étaient repassés, son bureau rangé, son dîner sur la table quand il rentrait triomphalement le soir. La place des femmes, disait-il toujours, est à l'intérieur.

— J'imagine que tu as entendu parler d'Amy Giordano. La petite fille qui a disparu, précisai-je.

Il acquiesça sans paraître intéressé.

— J'imagine que tu as aussi entendu dire que c'était Keith qui la gardait ce soir-là.

Les lèvres de mon père s'incurvèrent vers le bas. Il lâcha :

— De toute façon, ce gamin était destiné à avoir des ennuis. D'une manière ou d'une autre.

Je n'aurais jamais imaginé que mon père ait une telle opinion de mon fils.

— Et pourquoi dis-tu ça ?

Les yeux de mon père scrutèrent mon visage.

— Tu n'as jamais eu aucune autorité sur lui, Eric. Tu ne lui as jamais demandé de te respecter. Meredith, pareil. Vous êtes des hippies.

— Des hippies ? répétai-je en éclatant de rire. Tu plaisantes ? Je n'ai jamais été un hippie. J'ai commencé à travailler à l'âge de seize ans, tu te souviens ? Je n'ai pas eu le temps d'être un hippie.

Il se tourna à nouveau vers le jardin, mais son regard resta terriblement dur.

— Dès que je l'ai vu, j'ai compris qu'il aurait des ennuis.

Depuis la naissance de mon fils, quinze ans plus tôt, jamais mon père n'avait émis une opinion aussi définitive.

— Mais qu'est-ce que tu racontes ? Keith a toujours été un bon garçon. Il n'est pas le premier de sa classe, mais il n'a pas mauvais fond.

— C'est un vaurien, grogna mon père. Un paresseux. Comme Warren.

— Warren a toujours été gentil, papa.

— Warren est un vaurien, ricana mon père.

— Quand il était petit, il aurait fait n'importe quoi pour toi.

— Un vaurien, s'obstina mon père.

— C'était lui qui effectuait toutes les corvées à la maison, insistai-je. Chaque fois que tu virais un jardinier, il héritait du boulot. Il tondait la pelouse, taillait les haies. Une fois, tu lui as même fait repeindre la maison.

— Et à la fin, on aurait dit un gâteau mal cuit, rétorqua mon père. Ça dégoulinait de partout. Il avait oublié les coins. Il n'avait pas peint la treille. Tout était mal fait.

— D'accord, il ne travaillait pas comme un professionnel. Mais il était jeune, papa. Il avait seize ans, cet été-là. Le dernier été.

Le dernier été.

Je m'en souvenais avec une lucidité troublante. Mon père s'absentait plusieurs jours d'affilée à New York ou Boston pour trouver des fonds. Ma mère faisait tourner la maison grâce à son courage et à l'argent qu'elle empruntait secrètement à tante Emma, d'après Warren. Elle évitait aussi certains rayons à l'épicerie, et faisait cinquante kilomètres pour acheter des vêtements au Secours catholique d'une ville voisine.

— Tu as toujours refusé de voir à quel point tout allait mal, lui rappelai-je. Cet été-là, tu es revenu de New York avec deux costumes de chez Brooks Brothers.

Mon père chassa ce reproche d'un geste de la main.

— Personne n'est mort de faim.

— Il s'en est fallu de peu. Heureusement que maman tenait les cordons de la bourse.

Mon père eut un rire glacial.

— Ta mère ne tenait rien du tout. C'était une bonne à rien.

— Une bonne à rien ? m'exclamai-je, ulcéré qu'il puisse avoir une telle opinion de la femme qui s'était occupée de lui toute sa vie. Et si elle était bonne à rien, comment se fait-il que tu as pris une assurance-vie à son nom ?

— Une assurance-vie ?

— Warren m'a dit qu'il y avait une assurance. Quand maman s'est tuée.

— Et comment Warren saurait ça ?

— L'assureur est venu chez nous. (Je vis le visage de mon père se crisper.) Il est venu pendant que Warren faisait les cartons, car la banque avait saisi la maison.

Mon père eut un ricanement.

— Warren est un imbécile. Je n'ai jamais pris d'assurance-vie.

— D'après Warren, le type a posé des questions sur notre famille, il voulait savoir si maman et toi, vous vous entendiez bien.

— N'importe quoi ! grogna sourdement mon père comme un chien acculé.

Je voulus rétorquer, mais il m'interrompit d'un geste de la main.

— Qu'est-ce que peut bien savoir un ivrogne comme Warren ? Son cerveau baigne dans l'alcool !

Il baissa la main, se laissa aller dans son fauteuil et jeta un regard furieux à la pelouse mal entretenue.

— Quand la vieille est morte, je n'ai pas touché un cent.

— La vieille ? repris-je. C'est comme ça que tu l'appelles ? Mais papa, maman s'est dévouée toute sa vie à toi !

— Dévouée à moi ? répéta mon père, tandis qu'il tournait lentement la tête vers moi et lâchait un rire sarcastique. Tu ne sais pas de quoi tu parles.

— C'est-à-dire ?

Mon père gloussa.

— Tu ne savais rien d'elle. Dévouée ! Tu parles.

— Où veux-tu en venir ?

Son rire devint un ricanement aux accents diaboliques.

— Eric, dit-il en secouant la tête. Tu l'as toujours vénérée, mais crois-moi, elle n'avait rien d'une sainte.

— Au contraire, elle en avait toutes les qualités !

Une lueur malsaine éclairait ses yeux.

— Eric, crois-moi. Tu ne sais rien.

Quand je le quittai quelques minutes plus tard, je me sentais aussi insignifiant qu'une plume dans le vent. Après son éclat de colère, mon père avait refusé d'en dire davantage sur ma mère. À croire que leur vie commune n'avait été pour lui qu'un désagréable épisode, une partie de poker perdue ou un mauvais cheval sur lequel il avait misé. Je me souvins de ses gestes amoureux quand des associés venaient faire une partie de billard, siroter son onéreux whisky et fumer des cigares dans le salon de la grande maison. « Et voici ma superbe épouse », disait-il en présentant ma mère. Puis, avec un geste théâtral, il l'attirait à lui, prenait sa taille étroite entre ses mains et… souriait.

J'arrivai à la boutique juste après dix heures. Comme d'habitude, Neil était déjà au travail. Quelqu'un de moins observateur n'aurait sans doute rien remarqué, mais Neil devinait toujours mon humeur. Il comprit mon désarroi, mais quand il finit par aborder le sujet, il se trompa de motif.

— Ne vous inquiétez pas, patron, les affaires vont reprendre, dit-il. Les gens sont juste… craintifs.

Craintifs.

Ce mot balaya toutes mes défenses. Tout à coup, le barrage céda, et je me sentis pris dans un tourbillon d'angoisse. Chacun des derniers jours exigeait tout à coup son dû.

— Un problème, patron ? demanda Neil.

Je vis ses yeux soucieux braqués sur moi. J'avais besoin de me confier, mais je ne savais par où commencer. J'étais pris de bouffées d'anxiété. Je respirai un grand coup et tentai de ne penser qu'au plus important. Qui, sans aucun doute, était Keith.

— Neil, j'aimerais vous demander quelque chose, dis-je d'un ton hésitant.

— Tout ce que vous voudrez, patron.

Je m'approchai de la porte, mis la pancarte « Fermé » et verrouillai la porte.

Neil prit peur, tout à coup.

— Vous allez me virer, dit-il d'un ton paniqué. Non, Eric, je vous en supplie. Je ferai tout ce que vous voudrez. J'ai besoin de ce boulot. Ma mère, vous savez… Les médicaments… Je…

— Ce n'est pas au sujet de votre boulot, le rassurai-je. Vous faites un excellent travail.

Il manqua s'évanouir.

— Je sais que l'été n'a pas été bon, du point de vue des affaires, mais…

— Je ne veux pas vous parler de la boutique, dis-je. (Je fis une pause pour prendre une bouffée d'air et me donner du courage). C'est au sujet de Keith.

Le visage de Neil se figea.

Ne sachant pas comment présenter les choses, je mis les pieds dans le plat.

— Qu'est-ce que vous savez sur lui ?

— Ce que je sais sur lui ? demanda Neil, visiblement un peu désarçonné par la question.

— Sur sa vie.

— Pas grand-chose. Il me parle parfois de musique. Des groupes qu'il aime, ce genre de choses.

— Est-ce qu'il vous a déjà parlé de filles ?

— Non.

— Et d'amis ? Il n'a pas l'air d'avoir d'amis.

Neil haussa les épaules.

— Il n'a jamais mentionné personne.

— Et les gens à qui il fait des livraisons ? Avez-vous entendu des plaintes ?

— Quel genre de plaintes ?

— Sur lui, sur le fait qu'il a l'air... étrange.

Neil secoua violemment la tête.

— Mais non, Eric, jamais !

— Vous en êtes sûr ?

— Oui.

Je hochai la tête.

— Très bien. Je me disais qu'il aurait peut-être eu envie de vous parler. S'il avait...

— Quoi ?

— Des... problèmes qu'il avait du mal à exprimer.

— Quel genre de problèmes ? demanda Neil, l'air ahuri. Vous ne croyez tout de même pas que c'est à moi qu'il viendrait raconter ses amours, non ?

— Sans doute pas.

Il me lança un regard curieux.

— Ça vous embête, hein ? Que Keith n'ait pas de petite amie.

J'acquiesçai.

— Peut-être un peu. Meredith dit que c'est gênant, moi, je ne sais pas trop. Quelle importance ? C'est encore un gamin. Cela ne signifie pas qu'il est...

— Gay ?

— Non. Pas seulement ça.

Neil comprit que je tentais de lui tirer les vers du nez.

— Vous pensez que Keith est gay ?

— J'y ai songé, avouai-je.

— Et pourquoi ? Il a fait des allusions dans ce sens ?

— Non. Mais il a tout le temps l'air en colère.

— Quel est le rapport avec le fait d'être gay ?

— Aucun.

Personne ne m'avait jamais regardé comme Neil à cet instant, avec un mélange de tristesse et de déception.

— Très bien, dit-il doucement.

— Quoi ?

Il ne répondit pas.

— Quoi, Neil ?

Neil eut un ricanement.

— Vous semblez croire que si Keith était gay, il devrait être en colère. Se détester, ce genre de choses. Beaucoup de gens pensent ça. Qu'un gay doit se détester.

Je voulus répondre, mais Neil m'interrompit d'un geste de la main.

— Mais ça n'a pas d'importance. J'ignorais juste que vous pensiez comme ça.

— Pas du tout, Neil.

— Ce n'est pas grave, Eric. Sincèrement, dit-il avec un petit sourire. J'espère que tout va s'arranger pour tout le monde. Surtout pour Keith.

Il se dirigea vers la devanture.

— Neil, protestai-je, je ne voulais pas…

Il ne prit pas la peine de se retourner.

— Pas de problème, lâcha-t-il.

Toute la journée, les clients défilèrent. Neil resta occupé dans son coin, bien décidé à garder ses distances.

À cinq heures, la couleur du ciel changea, et vers six heures, quand je me préparai à fermer, il avait pris une teinte dorée.

Le téléphone sonna.

— Eric Photo, j'écoute.

— Eric, ils reviennent, m'annonça Meredith.

— Qui ça ?

— Les flics. Ils reviennent à la maison.

— Ne t'inquiète pas. Ça s'est bien passé la première fois, tu te souviens ?

Elle me répondit d'une voix blanche :

— Cette fois, ils ont un mandat de perquisition. Rentre vite.

TROISIÈME PARTIE

Vous faites une pause. Vous prenez une gorgée de café. Vous en êtes à la moitié de votre histoire. Vous savez qu'à partir de là, des lignes que vous pensiez parallèles vont se croiser. Vous savez que votre récit va se faire plus difficile. Il vous faudra peser les mots, faire les bons liens. Mais rien ne doit être laissé au hasard, rien ne doit être évité. Surtout en ce qui concerne les responsabilités et leurs conséquences.

Vous cherchez à comprendre comment la tragédie d'une famille a rejailli sur une deuxième, à la manière d'une photo qui apparaît en surexposition sur un autre cliché. Vous voulez comprendre comment ce processus a pu avoir lieu, et pourtant vous vous contentez de regarder les gens sous la pluie dans la rue. Vous ne pensez plus à ce qui est arrivé, mais à ce que vous auriez pu faire pour éviter tout ça, pour sauver ces vies, faire en sorte qu'elles puissent trouver un équilibre et atteindre la sagesse que seuls ceux qui ont chuté connaissent.

Dans votre esprit, les rouages se mettent à tourner à toute allure. Ils ne s'arrêteront qu'en butant sur un cran. Ce qu'ils font enfin, et vous n'avez alors plus d'autre choix que de poursuivre. La seule solution, c'est de reprendre votre récit là où vous l'aviez interrompu.

14

Rentre vite.

Je repense souvent à ces mots. Je me souviens de la respiration saccadée de Meredith, de la terreur glacée dans sa voix.

J'entends aussi un murmure, un coup de feu, et je repense à ce que j'ai vécu. Je me remémore chaque détail depuis cette première nuit où Keith et Warren avaient pris l'allée et disparu derrière l'érable du Japon, jusqu'au moment où je suis passé pour la dernière fois sous les branches de ce même arbre. Sans doute que rien n'aurait pu être évité, que ce drame se résume à cette simple vérité : on ne meurt qu'une fois.

Quoique.

Après l'appel de Meredith, je filai à la maison. Le soleil, qui se couchait comme je m'engageais dans l'allée, teintait les branches de l'érable du Japon d'un rose délicat. Meredith me rejoignit dehors.

— J'ai envoyé Keith en ville sous le prétexte que j'avais besoin d'être tranquille pour préparer mes cours. Il sait qu'il ne doit pas revenir avant quelques heures.

Des pattes-d'oie étaient apparues au coin de ses yeux, comme si elle avait pris plusieurs années en une seule journée.

— Je ne lui ai pas dit que la police venait. J'avais peur de sa réaction. Qu'il veuille cacher quelque chose, par exemple.

Je lui lançai un regard sceptique.

— Va savoir, expliqua-t-elle. Des magazines pornos, du hasch, tout ce qu'il ne voudrait pas qu'ils voient. Mais dans ce cas, il aurait fait entrave à la justice.

— Je vois que tu as parlé à Leo.

— Oui, avoua Meredith. Je lui ai dit que j'envoyais Keith faire les magasins pour le tenir éloigné de sa chambre. Il a trouvé que c'était une bonne idée.

— Parce qu'il n'a pas confiance en Keith. C'est pour ça qu'il a trouvé que c'était une bonne idée.

Meredith hocha la tête.

— Sans doute.

— Il vient ?

— Seulement si les flics veulent interroger Keith.

Puis, d'un air inquiet, elle ajouta :

— Je n'ai pas envie de leur parler, moi non plus. Surtout Kraus. Au téléphone, il avait l'air agressif. Comme si on était des ennemis. Pourquoi se conduit-il comme ça, Eric ? me demanda-t-elle d'un air suppliant.

— Peut-être qu'il pense que nous ne sommes pas des gens tout à fait normaux, avançai-je prudemment. Leo t'a parlé de la ligne téléphonique que la police a mise en place ? De ce que les gens ont pu raconter ?

— À quel sujet ?

— Nous. Leo a un informateur. Qui fait partie de la police, d'après ce que j'ai compris. En tout cas, cet homme lui a expliqué que la police croit qu'il y a un mystère quelque part. C'est exactement ça qu'il a dit : un mystère. Il pense qu'on a raconté des choses sur nous à la police.

Meredith eut l'air aussi désemparée qu'une créature prise dans une gigantesque toile d'araignée.

— Leo ne sait pas ce que cette personne a raconté. Mais la police subit une telle pression qu'il craint que les flics ne se mettent à croire tout ce qu'ils entendent sur nous.

Meredith resta murée dans son silence, mais je voyais que son esprit tournait à toute allure.

— Peut-être que quelqu'un a vu cette voiture arrêtée dans notre chemin, avançai-je.

— Peut-être, murmura Meredith.

— Ou autre chose, continuai-je. Tu te souviens que Leo a demandé à Keith s'il était déjà allé au château d'eau ? Je ne suis pas certain que Keith lui ait répondu la vérité.

— Qu'est-ce qui te fait penser qu'il aurait menti ?

— Ses yeux. Il avait le même regard quand il a dit aux flics qu'il était rentré seul à la maison. En tout cas, le château d'eau est un lieu de rencontre pour des hommes et des prostituées. C'est ce que j'ai cru voir. La fille a glissé quelque chose dans son sac. À mon avis, c'était de l'argent.

Meredith ne comprenait visiblement pas à quoi je faisais allusion.

— J'y suis allé, expliquai-je. Au château d'eau. La façon dont Leo en a parlé, et la tête de Keith, ça m'a rendu curieux.

— Et tu as vu tout ça ? demanda Meredith. Des hommes avec…

— Oui. Je ne sais pas pourquoi Keith y va. S'il y va, bien entendu. Peut-être qu'il se contente de regarder. Peut-être que c'est pour lui… un exutoire.

Un instant, Meredith sembla ulcérée par mes propos :

— Ce n'est qu'un lieu de rencontre. Pourquoi sous-entends-tu que Keith y va pour… regarder ? Ou pour une tout autre raison ?

Je n'avais pas de réponse à cette question.

— Eric, dit-elle d'un ton épuisé. Qu'est-ce qui nous arrive ?

Quand Peak et Kraus apparurent, Meredith avait pris l'apparence d'un prof sévère. Ils passèrent près de l'érable et empruntèrent le sentier d'un pas nonchalant. Ils bavardaient comme deux hommes qui vont boire un coup.

Je m'approchai de la porte et, à l'instant où j'ouvris, je constatai que leur attitude détendue avait laissé place à une froideur professionnelle. Ils étaient raides, le visage sombre, les mains croisées.

— Désolé de vous déranger à nouveau, Mr Moore, me dit Peak.

Kraus me fit un signe de tête, mais ne prononça pas un mot.

— Comment procède-t-on ? demandai-je. Je n'ai jamais été perquisitionné.

— Nous avons un mandat pour la maison et le jardin, m'expliqua Peak. Nous essaierons de ne pas vous déranger plus que nécessaire.

— Donc je vous laisse circuler à votre guise, c'est ça ?

— Oui.

Je reculai, ouvris la porte et les laissai avancer jusqu'au salon où Meredith se tenait debout, très raide, le regard moins hostile qu'inquiet.

— Keith n'est pas là, leur expliqua-t-elle. Nous ne lui avons pas dit que vous veniez.

— Nous n'en aurons pas pour longtemps, dit Peak avec un faible sourire.

— Par où voulez-vous commencer ? demandai-je.

— Par la chambre de Keith.

Je fis un signe de tête en direction de l'escalier.

— Deuxième porte sur votre gauche.

J'allai à la cuisine avec Meredith pendant que Peak et Kraus fouillaient la chambre de notre fils. Elle avait préparé du café. Je bus ma tasse en silence, lançant parfois un regard à ma femme, qui détournait aussitôt les yeux. Nous aurions pu tout aussi bien être des personnages de comédie jouant un vieux couple qui se connaît trop bien et n'a plus rien à se dire.

Quelques minutes plus tard, d'autres policiers arrivèrent, ceux-ci en uniforme.

De la cuisine, je les vis sonder le jardin et la forêt qui s'étendait sur plusieurs hectares derrière notre maison. Deux heures s'écoulèrent avant que Peak et Kraus redescendent l'escalier. Des jeunes policiers apparurent derrière eux chargés de sachets en plastique scellés, avec cette inscription : « Preuves ».

J'ignorais ce que les sacs contenaient jusqu'à ce que Peak me tende une feuille de papier.

— Voici l'inventaire de ce que nous avons saisi dans la chambre de Keith, m'annonça-t-il. Bien entendu, nous vous rapporterons tout ce qui ne nous est pas utile.

« Utile », pensai-je. Utile contre Keith.

Je levai les yeux et vis un policier descendre avec l'ordinateur de mon fils.

— L'ordinateur de Keith, demanda Peak. C'est le seul de la maison ?

— Non.

— Je crains de devoir tous les inspecter.

— Il y en a un dans mon bureau, dit Meredith. Et j'en ai aussi un à l'école. Vous voulez le saisir, aussi ?

— Nous ne saisissons rien, Mrs Moore, répondit doucement Peak. Mais pour répondre à votre question, non, nous n'avons pas besoin d'emporter votre ordinateur.

Il marqua une pause, puis ajouta :

— Du moins, pas pour le moment.

La police partait au moment où Keith apparut sur son vélo. Il mit pied à terre et regarda les voitures s'éloigner.

— Qu'est-ce qu'ils voulaient, cette fois ? demanda-t-il quand il entra.

— Ils ont fouillé ta chambre. Et ils ont emporté certaines choses, lui répondis-je en lui tendant l'inventaire.

Il commença à lire la liste avec un calme surprenant, mais tout à coup, ses yeux s'écarquillèrent.

— Mon ordinateur ? s'écria-t-il. Ils n'ont pas le droit...

— Si, ils l'ont, le coupai-je. Ils peuvent emporter tout ce qu'ils veulent.

Il examina à nouveau l'inventaire d'un air désemparé.

— Mon ordinateur, murmura-t-il, en faisant claquer la feuille contre sa jambe. Merde.

Meredith, silencieuse, n'avait pas quitté Keith des yeux. Elle s'avança.

— Keith, ne t'inquiète pas, dit-elle.

Le calme de sa voix me surprit, comme si, d'une certaine manière, elle comprenait ses peurs.

— Fais-moi confiance, insista-t-elle.

Apparemment, c'était à moi qu'il revenait de poser les mauvaises questions.

— Keith, dis-je. Il y a quelque chose dans cet ordinateur ? Quelque chose... qui t'accuse ?

Il me lança un regard furieux.

— Non.

— Étais-tu en contact avec Amy ?

— En contact ?

— Par mail ?

— Non.

— Parce que si c'est le cas, ils vont le découvrir, le prévins-je.

Il eut un rire cynique.

— Dans ce cas, papa, ils le sauraient déjà. Aurais-tu oublié qu'ils ont déjà saisi l'ordinateur de Mr Giordano ?

Je me dis que c'était uniquement par la télévision ou la presse que Keith pouvait savoir ça. Cette nouvelle avait été annoncée au journal le lendemain de la disparition d'Amy, et elle n'avait été rapportée qu'une seule fois dans le journal local. Depuis le début, Keith feignait l'indifférence, voire l'ennui, vis-à-vis de cette affaire. Mais en fait, il se tenait au courant de l'enquête policière.

— Je t'ai posé une question, fis-je sèchement.

— Tu ne sais faire que ça, répliqua Keith en me décochant un regard noir. M'interroger. Et si tu posais la question que tu as vraiment envie de poser ? Vas-y, papa. Demande-le-moi.

Mes lèvres se pincèrent.

— Ne va pas dans cette direction, Keith.

— Pose-la, ta question ! répéta Keith d'un air de défi. Tout le monde la connaît, fit-il avec un rire amer. Si tu veux, c'est moi qui la pose. (Il inclina la tête vers la droite et prit une voix exagérément grave.) Keith, as-tu kidnappé Amy Giordano ?

— Ça suffit, dis-je.

Mais il continua sur le même ton faussement paternaliste.

— L'as-tu emmenée quelque part pour la violer ?

— Arrête ça, lâchai-je, et monte dans ta chambre.

Il ne bougea pas. Seuls ses doigts froissèrent l'inventaire qu'il tenait toujours à la main.

— Non, papa, pas avant d'avoir posé la dernière question.

— Keith…

Il inclina la tête en arrière et fit mine de téter une pipe imaginaire.

— Mon garçon, as-tu tué Amy Giordano ?

— Tais-toi ! hurlai-je.

Il me regarda d'un air plus calme, presque triste.

— C'est ce que tu penses depuis le début, papa.

Sur ce, il tourna les talons et gravit lentement l'escalier.

Je lançai un regard à Meredith. Ses yeux étincelaient de colère.

— C'est vrai, Eric ? demanda-t-elle. Depuis le début, tu crois ça ?

— Non. Pourquoi le croirais-je ?

Elle réfléchit à ma question.

— Peut-être parce que tu ne l'aimes pas, murmura-t-elle. Ou plus exactement… je sais bien que tu l'aimes. Mais tu n'aimes pas ce qu'il est. C'est bien ça, l'amour filial, non ? Aimer des gens que, sinon, on n'aimerait pas.

J'entendis des pas dans l'escalier, puis la porte d'entrée se referma lourdement.

— J'imagine qu'il va faire l'une de ses promenades, dis-je.

Ses promenades.

Les mots de Peak prirent tout à coup un goût aigre dans ma bouche.

— Il fait comme il peut, répondit Meredith. Et dans des moments comme ça, il a besoin d'être seul, je crois.

Keith était déjà au bout du chemin. Il marchait à grands pas, épaules courbées, tête baissée, comme s'il luttait contre un vent violent.

— Rien ne sera plus jamais comme avant, dit Meredith tout bas.

Je refusai de croire à ce présage sinistre.

— Mais si. Tout reviendra à la normale quand on aura retrouvé Amy Giordano.

Meredith regarda Keith gravir la côte et se diriger vers la grand-route.

— Il a besoin d'aide, Eric.

— Comment ?

— Il faut qu'on trouve quelqu'un à qui il puisse parler.

Je pensai à tout ce que mes parents et mon frère avaient subi : le deuil, le malheur, l'alcool. Nous aurions bien eu besoin d'aide, nous aussi.

— Comment s'appelle ce psychologue ? demandai-je. Le type de l'école ?

Meredith sourit :

— Rodenberry. Il sera au cocktail demain.

15

Mr May habitait une vieille maison à quelques rues de là où j'avais grandi et mené une vie qui, du moins jusqu'à la mort de Jenny, m'avait semblé heureuse. Ensuite, ma mère avait sombré dans la dépression, les pertes financières de mon père s'étaient aggravées, et en une année tous nos biens avaient été saisis. Mais je ne pensais à rien de tout ça alors que nous passions devant mon ancienne maison, ce soir-là. Je ne pensais qu'à la remarque de mon père : « Tu ne connaissais pas ta mère. »

Il avait lancé ça comme une accusation, mais il avait refusé d'étayer ses paroles. Peut-être mon père ne cherchait-il ainsi qu'à attirer l'attention, peut-être que cette réplique était pour lui le moyen de se défendre contre une mémoire sacrée. Si tel était le cas, il avait choisi là un moyen bien cruel de prendre sa revanche. Mais mon père avait toujours eu l'insulte facile. Ce n'était donc pas étonnant qu'il cherche à briser l'image de ma mère. Pourtant, ses paroles me tourmentaient. Selon lui, ma mère ne lui était pas si dévouée que ça, alors que je n'avais jamais vu en elle que patience et abnégation. Elle lui pardonnait tout, elle l'avait soutenu sans relâche aux pires moments de sa dégringolade, et avait fini par disparaître. Elle prenait toujours sa défense, même quand il exagérait. Était-ce possible que, toutes ces années, je me sois à ce point trompé sur elle ?

— On fait comme si de rien n'était, dit Meredith en se garant devant chez Mr May.

Je lui adressai un petit sourire.

— Il n'y a aucun problème, déclarai-je. Nous n'avons pas besoin de faire comme si de rien n'était.

Elle semblait à peine m'entendre. Elle regardait la maison et observait la silhouette des invités par les fenêtres, comme une femme de marin qui scrute désespérément la mer dans l'espoir d'apercevoir le bateau de son homme.

— Qu'est-ce qu'il y a ? demandai-je.

Elle se tourna brusquement vers moi, comme si elle avait oublié ma présence.

— J'espère juste qu'il est là, répondit-elle. Stuart.

Comme je ne comprenais pas, elle précisa :

— Pour qu'on lui parle de Keith. On va le faire, hein ? C'est ce qu'on a décidé, tu es bien d'accord ?

— Oui.

Mr May nous accueillit à la porte. C'était un petit homme chauve avec des lunettes à monture métallique.

— Ah, Meredith, s'exclama-t-il en lui prenant la main. Bonjour, Eric.

Il me tendit la main, puis nous fit entrer dans un grand salon où se tenaient plusieurs professeurs avec leurs épouses ou leurs maris en train de savourer un verre de vin et des petits fours. Nous restâmes un moment près de la cheminée à échanger quelques remarques de politesse, puis Meredith s'excusa et me laissa seul avec Mr May.

— Vous avez une femme formidable, Eric, me dit-il en regardant Meredith s'approcher d'un grand individu en tweed qui se tenait aux côtés d'une femme mince avec des cheveux noirs et raides. Nous sommes très heureux qu'elle fasse partie de notre équipe.

J'acquiesçai :

— Elle aime son métier.

— C'est agréable d'entendre de telles paroles.

Il attrapa une branche de céleri et la plongea dans une sauce à l'oignon en ajoutant :

— J'espère qu'elle ne me trouve pas trop rasant.

À l'autre bout de la pièce, Meredith eut un rire léger et effleura le bras de l'homme.

— Pas du tout. Elle me raconte souvent vos blagues.

Mr May eut l'air étonné.

— Vraiment ?

Je ris.

— Oui, elle a adoré celle de Lenny Bruce.

Il me regarda d'un air surpris.

— Lenny Bruce ?

— Sur la différence entre les hommes et les femmes.

Mr May haussa les épaules.

— Je crains de ne pas la connaître.

— Vous savez, celle de la vitrine.

Mr May ne put que répondre :

— Vous devez confondre avec quelqu'un d'autre.

Un nouvel éclat de rire retentit à l'autre bout de la pièce. Je vis Meredith la main sur la bouche, les yeux pétillants et joyeux, si différente de ce qu'elle était quelques minutes plus tôt. L'homme en tweed riait avec elle, mais son épouse se contenta de sourire avant de prendre une rapide gorgée de vin.

— Qui est-ce ? demandai-je. Les gens en compagnie de Meredith.

Mr May se retourna.

— Oh, c'est Mr Rodenberry et sa femme, Judith. Le psychologue de notre école.

— Ah, oui. Meredith m'a parlé de lui.

— Un homme très brillant. Et très drôle.

Mr May me fournit quelques détails supplémentaires sur Rodenberry : il travaillait à l'école depuis cinq ans, où il avait transformé un bureau moribond en service dynamique. Puis il m'annonça qu'il devait aller saluer d'autres invités, et s'avança vers un groupe de professeurs.

Je traversai la pièce vers Meredith, toujours en grande discussion avec les Rodenberry.

Elle me vit approcher.

— Bonjour, dis-je doucement.

— Tiens, fit Meredith.

Puis, se tournant vers Rodenberry et sa femme, elle me présenta :

— Stuart, Judith, voici mon mari, Eric.

Je leur serrai la main avec un sourire que je voulais chaleureux. Il y eut un silence gêné, plusieurs coups d'œil entre Rodenberry, Meredith et moi. Judith me dévisagea puis détourna rapidement les yeux.

— J'ai parlé du problème de Keith à Stuart, déclara Meredith.

Je regardai Rodenberry.

— Qu'en pensez-vous ? demandai-je.

Il réfléchit un instant.

— Il est clair que Keith subit une forte pression.

Comme cette réponse n'en était pas vraiment une, j'allai plus loin :

— Pensez-vous qu'il ait besoin de l'aide d'un psychologue ?

À nouveau, Rodenberry évita de répondre directement.

— Peut-être, mais seulement s'il le désire. Sinon, la thérapie ne fera que rajouter à la pression.

— Mais comment le savoir ? demandai-je. S'il a besoin d'aide ?

Rodenberry lança un coup d'œil à Meredith, comme pour la supplier de se joindre à nous.

— Stuart pense que nous devrions aborder le sujet avec Keith, me dit-elle. Pas en lui présentant ça comme une obligation, mais comme une opportunité.

— Et voir sa réaction, ajouta rapidement Rodenberry. S'il est immédiatement hostile, ou s'il semble ouvert à la discussion.

— Et s'il semble ouvert ? demandai-je.

À nouveau, le regard de Rodenberry glissa vers Meredith.

— Eh bien, comme j'ai dit à votre femme, reprit-il en se tournant vers moi, je serai heureux de faire ce que je peux pour l'aider.

Je voulus ajouter quelque chose, mais l'épouse de Rodenberry quitta tout à coup notre petit cercle, la tête tournée, comme si elle voulait cacher son visage.

— Judith ne se sent pas très bien, dit Rodenberry une fois que sa femme fut hors de portée d'oreille.

Il observa à nouveau Meredith, et le sourire qu'elle lui adressa me frappa par son intimité. Il lui fit à son tour un regard complice.

— Bref, dit-il en sortant une carte de visite de sa poche. Tenez-moi au courant. Meredith connaît mon poste à l'école, mais voici mon numéro personnel. Appelez-moi quand vous voulez.

Je le remerciai, puis il rejoignit sa femme au buffet et lui posa la main sur l'épaule. Elle eut un brusque geste de recul, comme si son contact la dégoûtait, si bien que le bras de Rodenberry retomba le long de son flanc.

— Je pense que le couple Rodenberry ne va pas très bien, confiai-je à Meredith.

Elle le regarda se servir un verre et demeurer seul près de la fenêtre. Mr May le rejoignit quelques instants plus tard.

— Mr May n'avait pas l'air de se souvenir de l'histoire de Lenny Bruce, avançai-je.

Meredith continua à éviter mes yeux, ce qui ne lui ressemblait pas, elle qui avait toujours le regard franc.

— Celle de la vitrine, dis-je.

Elle se tourna brusquement vers moi.

— Hein ?

— Ce n'est pas Mr May qui te l'a racontée.

Meredith jeta un coup d'œil dans la pièce voisine.

— C'est quelqu'un d'autre, alors.

— Rodenberry, suggérai-je. Mr May dit qu'il est très drôle.

— En effet, dit Meredith.

Ses yeux brillèrent un instant, puis elle fronça les sourcils, comme si un nuage passait dans sa tête.

— Il plaira beaucoup à Keith, conclut-elle.

Deux heures plus tard, je rentrai avec Meredith. Le trajet se fit dans le silence. À notre arrivée, il y avait de la lumière dans la chambre de Keith, mais je n'allai pas le voir et Meredith non plus. Nous n'avions pas le courage de vérifier s'il était bien là. Cette surveillance n'aurait fait que lui apporter une preuve supplémentaire que nous le considérions comme un criminel.

Je m'installai devant la télévision pendant une heure, puis montai me coucher. Meredith essayait de lire, mais peu de temps après, elle posa son roman par terre, se retourna et s'endormit aussitôt.

J'étais incapable de trouver le sommeil. Je pensai d'abord à Keith et Meredith, mais peu à peu, mon esprit revint à mes parents, et à l'assureur que Warren avait vu, à ses étranges questions, à la remarque amère de mon père sur le fait que je ne connaissais pas vraiment ma mère.

Était-ce vrai ? Mais la connaissais-je vraiment ? Et mon père ? Et Warren, même si nous avions grandi ensemble, ne restait-il pas une énigme pour moi ?

Je me levai, m'approchai de la fenêtre et jetai un coup d'œil vers les bois plongés dans l'obscurité. Dans mon esprit, je vis la voiture qui avait ramené Keith cette nuit-là, son conducteur fantôme, une silhouette qui ne me semblait pas moins mystérieuse que mon fils, ma femme, mon père, ma mère et mon frère.

— Eric ?

C'était la voix de Meredith. Je me tournai vers le lit mais je ne distinguai pas ma femme dans la pénombre.

— Il y a un problème ?

— Non, dis-je, soulagé de ne pas avoir allumé la lumière.

Si elle m'avait vu, elle aurait su que c'était un mensonge.

16

Leo Brock m'appela à la boutique le lendemain à onze heures.

— Une petite question, dit-il. Est-ce que Keith fume ?

À mon silence tendu, il comprit quelle était la réponse. Il ajouta donc :

— Quelle marque de cigarettes ?

Je me souvins du paquet que Keith avait sorti de sa poche de chemise.

— Des Marlboro.

Leo lâcha une longue bouffée d'air.

— Et il a affirmé à la police qu'il n'était pas sorti de la maison, c'est ça ?

— Oui.

— Qu'il n'avait pas mis le pied dehors ?

— Il a dit qu'il n'était pas sorti de la maison. Qu'est-ce qu'il y a, Leo ?

— Mon informateur m'a appris que les flics ont trouvé des mégots devant chez les Giordano. Des Marlboro.

— Est-ce si grave ? demandai-je. Que Keith soit sorti fumer une cigarette ?

— Les mégots se trouvaient au pied de la maison. Juste sous la fenêtre d'Amy.

— Mon Dieu, lâchai-je.

J'imaginai Keith à la fenêtre, en train de jeter un coup d'œil par les rideaux pour regarder Amy endormie, ses longs cheveux noirs étalés sur son oreiller. L'avait-il vue nue aussi ? Et qu'avait-il fait ensuite ? S'était-il rendu au château d'eau pour un tout autre genre de scène ? Avant ce jour, j'aurais sans doute évité de me poser ces questions, mais désormais, quelque chose avait grandi en moi. J'étais prêt à creuser pour découvrir la vérité.

— La police pense qu'il la guettait ? avançai-je.

— On ne peut pas savoir ce qu'ils pensent.

— Mais Leo, sinon, pourquoi y aurait-il ses cigarettes juste sous la fenêtre ?

— Pas *ses* cigarettes, juste des cigarettes de la marque qu'il fume.

— Ne me parle pas comme un avocat, Leo. Ce n'est pas bon signe, et tu le sais.

— Ça ne facilite pas les choses, admit-il.

— Ils ne vont pas l'arrêter pour autant ?

— Pas pour le moment.

— Pourquoi ? Nous savons tous les deux que la police le croit coupable.

— Tout d'abord, on ne sait toujours pas ce qui est arrivé à Amy, me rappela Leo. Surtout, n'oublie pas ça, Eric. Quoi que pense la police, elle n'a aucune preuve. Et puis, il ne faut pas oublier une chose : Keith n'a pas de voiture. Dans ce cas, comment aurait-il pu emmener Amy ?

Je restai silencieux, mais sentis l'étau se resserrer autour de mon cou.

— Eric ?

— Oui.

— Tu dois avoir foi en Keith.

Je ne dis rien.

— Ce que je te dis n'a rien à voir avec la religion, ajouta Leo. Mais tu dois avoir foi en ton fils.

— Bien sûr.

Il y eut un silence, puis Leo ajouta :

— Un dernier… petit problème.

Il était inutile de demander lequel : de toute évidence, Leo allait m'en parler.

— Keith a commandé une pizza ce soir-là, m'apprit Leo. Le livreur est arrivé juste après huit heures. Il a dit qu'il n'avait pas vu Amy, juste Keith, qui parlait au téléphone.

— Au téléphone ?

— Il t'a appelé ce soir-là ?

— Oui.

— À quelle heure ?

— Peu avant dix heures.

— Pas plus tôt ?

— Non.

— Tu en es sûr ? demanda Leo. Tu es sûr que Keith ne t'a appelé qu'une fois ?

— Une seule fois. Vers dix heures.

— C'est à ce moment-là qu'il t'a dit qu'il rentrerait plus tard et que ce n'était pas la peine que tu viennes le chercher, c'est bien ça ?

— Oui.

— Parce que quelqu'un le ramènerait ?

— Non. Il a dit qu'on le ramènerait *peut-être*.

— Ce n'était pas sûr ?

— Non.

— Très bien.

— Avec qui était-il au téléphone ? demandai-je. Au moment où est venu le livreur de pizzas ?

— Je suis certain que la police a retracé le numéro, dit Leo. Nous ne tarderons donc pas à le savoir.

Je parlai encore quelques minutes avec Leo, qui fit de son mieux pour présenter les choses sous un jour serein. Pourtant, malgré ses efforts, je ne pouvais m'empêcher de sentir un tourbillon m'entraîner vers le bas, m'envelopper et me bloquer toute échappatoire.

— Et qu'est-ce qui va se passer ? demandai-je, si on ne retrouve jamais Amy ?

— Il est difficile d'inculper quelqu'un quand il n'y a pas de corps.

— Ce n'est pas à ça que je pensais. Keith devra vivre avec ça, non ? Avec le soupçon comme une épée de Damoclès au-dessus de la tête.

— En effet. Je l'admets, les affaires qui restent sans réponse sont les plus pénibles.

— Elles vous rongent, dis-je tout bas.

— Oui, elles vous rongent. Les dossiers les plus difficiles sont ceux que l'on ne peut refermer.

Je pris tout à coup conscience que le doute pouvait assombrir une vie, empêcher tout répit, vous projeter dans une quête sans fin.

— Et ta vie devient une énigme non résolue, ajoutai-je.

— Oui, c'est le plus terrible, dit Leo. Un dossier qui reste ouvert.

Un dossier qui reste ouvert.

Toute la journée, alors que je servais mes clients et que j'encadrais des photos, je sentais l'urgence grandir en moi, le besoin de savoir quel crime Keith avait commis, de découvrir la vie qu'il m'avait peut-être cachée, de savoir s'il avait vraiment fait ce que je redoutais.

Juste avant la fermeture, j'appelai Meredith pour lui raconter ce que Leo Brock m'avait appris. Je craignais qu'elle ne me reproche de ne pas l'avoir avertie plus tôt, qu'elle ne m'accuse encore une fois de fuir la réalité, mais elle écouta mon récit sans manifester de surprise.

— Je rentrerai tard ce soir, conclut-elle.

Sa voix me parut mélancolique, comme celle d'une femme qui avait jadis vécu dans un monde parfait, un monde de beauté et de félicité, et dont l'univers venait de s'effondrer.

— Je serai là vers onze heures, dit-elle avant de raccrocher.

Quelques minutes plus tard, comme je me dirigeais vers ma voiture, je remarquai le pick-up de Warren garé devant le Teddy's Bar. Il commençait à boire de plus en plus tôt. Était-ce annonciateur d'une de ses périodes de soûlographie ? Il y avait eu une époque où je faisais tout pour l'empêcher de sombrer, mais ces derniers temps, j'avais renoncé.

Subitement, j'eus l'impression que je pouvais le comprendre. Le mépris de mon père avait brisé toute la confiance qu'il aurait pu avoir en lui, puis il y avait eu la mort tragique de Jenny et l'accident fatal de ma mère. Au bout du compte, Warren était peut-être moins un perdant qu'un homme qui avait beaucoup perdu.

Il était assis au fond de la salle, ses mains tachées de peinture autour d'une chope de bière.

— Salut, frérot, dit-il en levant sa bière comme je m'installais face à lui. Tu veux une mousse ?

Je fis signe que non.

— Je n'ai pas le temps. Meredith travaille tard, je dois rentrer voir Keith.

Warren prit une gorgée de bière puis demanda :

— Alors, ça en est où ?

Je haussai les épaules.

— Rien de neuf.

— Et Keith ?

— J'ai l'impression que toutes les pistes convergent vers lui.

Je n'ajoutai pas plus de détails et, comme à son habitude, Warren n'en réclama pas. Il dit simplement :

— Ils vont vite en besogne, les flics. Il leur faut pas grand-chose. Mais on est tous comme ça, non ? On a tous une idée en tête.

— Pourquoi tu dis ça ?

— On a tous des idées un peu bizarres, non ?

Warren parlait souvent de lui comme si tout le monde vivait la même chose.

— Quelles idées bizarres, Warren ?

Je crus qu'il allait parler de Keith, mais non.

— Je sais pas pourquoi, je n'arrête pas de penser à maman, ces derniers temps, commença-t-il. Tu te souviens comment elle était triste, à la fin ?

— Il y avait de quoi, elle était en train de tout perdre !

— C'est pas ça le problème. De toute façon, elle n'aimait pas cette maison.

— Elle n'aimait pas cette maison ?

— Non, elle la détestait, même, déclara Warren en prenant une gorgée de bière. Elle se plaignait qu'elle était trop grande, trop lourde à entretenir.

— Je l'ignorais.

— C'était la maison de papa, reprit Warren. Pour qu'il puisse faire son cinéma. Il voulait que les gens le croient important. (Son regard dériva au loin, puis revint vers moi.) Tu l'as vu, récemment ?

— Je lui rends visite chaque jeudi.

Warren sourit.

— C'est courageux. Tu as toujours été réglo vis-à-vis de lui.

Mais dans sa bouche, ce côté réglo résonnait désagréablement.

— Je ne veux pas qu'il se sente abandonné, me justifiai-je.

Warren reprit une lampée de bière.

— J'y suis allé ce matin, m'apprit-il avec un sourire amer. Il a dit qu'il ne voulait plus jamais me revoir.

— Quoi ? Et pourquoi donc ?

— Parce que je t'ai parlé de cet assureur.

— Papa ne veut plus jamais te revoir à cause de ça ? demandai-je, incrédule.

— Ouaip, fit Warren, d'un ton qu'il voulait détaché. C'est un drôle de monde, hein, Eric ?

J'agitai la main.

— Ça lui passera.

Warren secoua la tête d'un air décidé.

— Oh non. Pas cette fois. Il était vraiment furieux.

— Mais ça n'a aucune importance ! protestai-je.

— Sauf pour lui. Il s'est vraiment foutu en rogne.

Je me souvins de la réaction de mon père quand j'avais abordé le sujet, et j'en conclus que si, comme me le reprochait Meredith, je refusais autrefois de voir les choses en face, cette époque était bel et bien révolue. Mes soupçons, qui avaient commencé par une petite démangeaison, étaient maintenant un urticaire géant que je ne pouvais m'empêcher de gratter.

— Warren, qu'est-ce qu'il cache ? demandai-je brusquement.

Mon frère baissa les yeux vers ses mains sans répondre.

— Warren ?

Il haussa les épaules. Je me penchai vers lui.

— Tu étais à la maison cet été-là. Qu'est-ce qui s'est passé ?

Warren leva les yeux d'un air intimidé.

— Papa pensait qu'elle avait une liaison. Maman. (Il jeta un coup d'œil autour de lui, comme s'il craignait qu'on puisse l'entendre.) Une liaison avec ce type. Tu vois qui.

— Maman ? Et quel type ?

Warren prit une nouvelle gorgée de bière.

— Jason Benefield. L'avocat de la famille, tu te souviens ? Il venait souvent lui faire signer des papiers.

Je me souvenais d'un homme grand, toujours bien habillé, très poli, avec des cheveux gris ondulés, bel homme quoique d'une beauté un peu datée.

— Tu penses que papa voyait juste ? demandai-je.

— Peut-être.

Il lut la surprise sur mon visage. Je n'en revenais pas qu'il ait compris une chose pareille.

— Je ne suis pas stupide, Eric, tu sais.

— Qu'as-tu vu exactement ?

— Que maman était… qu'elle aimait bien cet homme. Et lui aussi. (Warren termina sa bière et en commanda aussitôt une autre.) D'abord, je n'ai pas su quoi en penser. De maman et ce type. Mais je savais comment papa la traitait. Il la considérait comme une moins que rien, sauf quand ses copains venaient. Alors je me suis dit qu'elle avait bien raison.

Peg apporta sa bière à Warren. Il lui sourit, mais elle ne lui rendit pas son sourire.

— Quelle salope…, murmura Warren alors qu'elle s'éloignait. Cela dit, toutes les femmes sont pareilles, non ? En tout cas, avec moi.

— Et comment papa a-t-il eu des soupçons ?

Warren passa ses doigts dans ce qui lui restait de cheveux.

— On l'a prévenu.

— Qui ça ?

Il hésita. Je compris que la réponse allait me déplaire, mais je m'en moquais.

— Qui ça ? répétai-je d'un ton autoritaire.

— Tante Emma.

Warren prit une longue gorgée, jeta un coup d'œil à la mousse au sommet de la chope, puis leva enfin les yeux vers moi.

— Elle avait vu maman et Jason ensemble. Pas quelque chose de grave, comme au lit, ou un truc comme ça. Maman n'aurait jamais fait ça à la maison. Mais, un jour où tante Emma était venue apporter des tomates de son jardin, elle a entendu maman parler avec ce type. Tu sens la connivence entre les gens quand ils sont proches. Il n'y a pas besoin d'entendre ce qu'ils disent.

— Et tante Emma a raconté ça à papa ?

Warren acquiesça, regarda à nouveau sa chope, se tut pendant quelques instants, puis reprit :

— Il l'a battue à mort. Comme je savais que ça allait arriver, je me suis enfui. Quand je suis revenu, papa buvait un whisky au salon. Maman était à l'étage. Elle n'est descendue que le lendemain matin. C'est là que j'ai vu l'ampleur du désastre. J'étais vraiment furieux. J'avais envie de le frapper comme il l'avait frappée. De lui casser la gueule. Mais je n'ai rien fait. Je ne lui en ai même pas parlé. Je n'ai jamais eu de courage, Eric. Papa, il suffisait qu'il me regarde, et je m'écrasais.

Je secouai la tête.

— J'ignorais tout ça.

Warren acquiesça à nouveau.

— De toute façon, tu n'aurais rien pu faire. Personne ne pouvait rien faire contre papa. En plus, il était gentil avec toi.

— Oui. Mais toi, tu devais...

Warren chassa ma remarque d'un geste de la main.

— Oh, ne t'en fais pas. Autrefois ou maintenant... Je me moque de ne plus jamais le revoir. Les plaies finissent par se refermer.

Sauf que pour moi, la plaie était plus béante que jamais.

— En ce moment, je réfléchis à beaucoup de choses, Warren, déclarai-je. Je sais que c'est à cause de cette histoire avec Keith. Mais je pense sans cesse à nos parents.

Warren éclata de rire.

— Qu'est-ce que ça peut faire, maintenant ? Elles sont mortes toutes les deux avant que tu sois grand. Maman, Jenny. Tu n'étais encore qu'un gosse.

— Mais je ne suis plus un enfant. Je veux en savoir autant que toi.

— Je t'ai dit ce que je savais.

— Il y a peut-être autre chose.

— Quoi, par exemple ?

— L'assureur dont tu m'as parlé. Pourquoi serait-il venu à la maison poser des questions sur papa et maman ?

Warren haussa les épaules.

— Va savoir…

— Papa m'a dit que maman n'avait pas d'assurance-vie à son nom.

— Dans ce cas, j'imagine que c'est vrai. (Il prit une gorgée de bière.) Qu'est-ce que ça change ?

— Je veux savoir, c'est tout.

— Savoir quoi ?

Je répondis sans réfléchir :

— S'il l'a tuée.

Les yeux de Warren s'écarquillèrent.

— Eric !

— S'il n'aurait pas saboté la voiture, par hasard. Les freins, par exemple.

— Papa n'y connaissait rien en mécanique.

— Toi, tu n'imagines pas que…

Warren éclata de rire.

— Bien sûr que non. Qu'est-ce qui te prend ? Aller imaginer que papa a tué maman ?

— Comment peux-tu en être si sûr ?

Warren rit à nouveau, mais cette fois, de façon nettement moins joyeuse.

— Eric, c'est n'importe quoi.

— Qu'est-ce que tu en sais ?

— Mais, Eric…, fit Warren.

— Et s'il l'avait vraiment tuée ? demandai-je.

Warren garda le silence un moment, les yeux baissés, comme s'il étudiait le fond de sa chope.

— De toute façon, qu'est-ce que ça changerait, maintenant ?

— Je ne sais pas. Mais je trouve que cette histoire n'est pas claire.

— Et alors ?

— Je n'ai pas envie de vivre avec ce mystère.

Warren termina sa bière.

— Eric, toutes les familles ont des secrets. Allez, frérot, ne fais pas cette tête. Dans la vie, tout le monde ment.

Je plantai mes coudes sur la table.

— Je veux connaître la vérité, déclarai-je.

Warren eut un petit haussement d'épaules.

— Très bien. Tu cherches à te faire du mal. Mais t'as de la chance, papa était très ordonné. Il conservait tous ses papiers dans son meuble métallique, tu te souviens ? Il n'a rien voulu jeter. Ce truc était si lourd, putain. Tu te rappelles le mal qu'on a eu à le descendre dans ta cave ? S'il a un jour pris une assurance-vie au nom de maman, c'est là qu'elle se trouve.

17

Le lendemain soir, quand Meredith et Keith furent au lit, je descendis sur la pointe des pieds à la cave. Le meuble de rangement de mon père était en métal gris. Warren et moi l'avions déménagé quand nous l'avions enfin convaincu d'aller vivre en maison de retraite.

Je l'y avais conduit par une journée neigeuse de janvier, puis j'étais retourné chez lui pour aider Warren à déménager ses affaires et les entreposer dans ma cave, où personne n'y avait touché depuis.

Son vieux secrétaire en bois se trouvait près du meuble en métal. Je l'ouvris et sortis une pile de dossiers que je me mis à examiner. Certaines feuilles jaunies tombaient en miettes. Il s'agissait essentiellement des projets commerciaux avortés de mon père.

Mais ce n'était pas ce que je cherchais. Je me moquais de ce qu'il avait perdu, je me moquais qu'il ait fait des affaires douteuses, dilapidé des milliers de dollars pour sauver la face, adhéré à des clubs onéreux au moment où ma mère écumait les boutiques d'occasion pour que ses enfants aient quelque chose à se mettre sur le dos.

Rien de tout ça n'avait d'importance, car je ne cherchais pas la preuve qu'il avait été un mauvais gestionnaire. J'étais à la fois Peak et Kraus ; mon regard, comme le leur, était guidé par mes soupçons : je cherchais la preuve du crime.

Cela émergea peu à peu, comme un corps qu'on exhume de la vase – les détails atroces de la ruine de mon père. Le déclin avait commencé à la fin des années soixante à cause de taux d'emprunt en constante augmentation. Progressivement, il s'était retrouvé dans l'incapacité de rembourser ses crédits ; ses amis banquiers refusant de lui prêter de l'argent, il avait peu à peu tout perdu. Sa fortune s'était étiolée peu à peu, comme les pétales d'une rose.

À l'automne 1974, il ne nous restait plus que notre maison, elle-même hypothéquée, et qui ne tarderait pas à disparaître avec le reste. J'avais alors douze ans, et je fréquentais une école privée très chère où mon père avait refusé d'envoyer Warren. J'étais un petit garçon en uniforme avec un blazer bleu marine, des boutons en cuivre, et les armoiries de Saint Regis brodées sur ma poitrine.

Chaque soir, je rentrais dans une maison qui nous appartenait de moins en moins, ce qu'à l'époque, j'ignorais. Jenny avait commencé à se plaindre de terribles migraines, et Warren passait le plus clair de son temps dans sa chambre. Ma mère préparait des repas de plus en plus frugaux, qu'elle servait à une table que mon père n'honorait presque plus. « Il est à New York pour son travail », nous expliquait-elle.

L'état catastrophique de ses affaires apparaissait clairement dans les dossiers que je parcourais ce soir-là : des demandes de prêt accompagnées de lettres de refus, des lettres de créditeurs menaçants et même de commerçants, qui tous réclamaient leur dû…

Sous un tel tir de barrage, beaucoup d'hommes auraient tenté de se suicider ou de fuir, laissant leur famille se débrouiller. Mais certains hommes, dont faisait partie mon père, choisissaient une troisième option, bien plus radicale : ils assassinaient leur famille.

Ce soir-là, je pris conscience que dans un moment désespéré, le cinquième whisky de la soirée dans sa main tremblante, mon père avait sans doute songé à cette solution finale.

Et tout à coup, je fis une découverte.

Ce n'était qu'une intuition, et pourtant, elle m'arrêta net. Je restai bouche bée devant ma trouvaille : les petites annonces immobilières du *Los Angeles Times* daté du 27 avril 1975. Je me demandai comment ce journal était tombé entre les mains de mon père, et pourquoi, au milieu de la troisième colonne, il avait encerclé au stylo rouge une annonce qui proposait un « studio propre, refait à neuf, parfait pour un célibataire ».

Parfait pour un célibataire.

Par quel moyen mon père avait-il pu envisager de redevenir célibataire ?

Avait-il tout simplement songé à abandonner sa famille ?

Ou alors avait-il voulu lui porter le coup fatal qui lui rendrait sa liberté ?

Je l'ignorais. En tout cas, la sombre cave où je me trouvais correspondait parfaitement à la couleur de mes pensées. Je ne pourrais désormais jamais oublier que mon père avait peut-être songé à nous tuer. Et je devais savoir s'il avait tenté de passer à l'acte.

À mesure que je fouillais dans ses papiers, les preuves s'accumulaient. Au fil de cette terrible année, mon père répondait de façon de plus en plus fantaisiste à des lettres de relance menaçantes. Il s'était inventé une correspondance avec d'anonymes « investisseurs » pour attester de futures sources de revenus. Il pimentait ses lettres de noms de gens importants – surtout des hommes politiques – qui, disait-il, allaient « investir » dans l'entreprise qu'il venait de créer de toutes pièces. La frontière entre le rêve et la réalité avait fondu dans sa tête. Je me demandai s'il mentait, ou s'il croyait vraiment à ce qu'il écrivait.

Dans un autre paquet de lettres, celles-ci mêlées à des photos de famille, je trouvai une missive d'Emma datée du 3 février 1975, à peine deux mois et demi avant la mort de ma mère. Une phrase attira mon attention : « Je sais bien, Edward, que votre difficile situation financière provient des dépenses inconsidérées de Margaret. »

Les dépenses inconsidérées de ma mère ? Et en quoi faisait-elle des dépenses inconsidérées ?

Dans les boutiques des œuvres de charité, en légumes pourris à la fin du marché, en conserves cabossées et en pain de la veille ? Malgré nos revenus en chute libre, elle avait tout fait pour que ses enfants continuent à être correctement nourris et vêtus. L'année de la mort de Jenny, elle ne s'était même pas acheté un chapeau.

Que mon père puisse rejeter la faute sur ma mère, c'était déjà terrible. Mais le commentaire qu'il avait écrit en marge l'était encore plus : « C'est elle qui va me sortir de là. »

Pas « nous » sortir de là, mais « me » sortir de là.

Que représentions-nous pour lui, nous, ses trois enfants et sa femme ? Cette note en marge me fournissait la réponse : rien.

Et comme nous n'étions rien pour lui, il pouvait aller à New York, ou acheter le *Los Angeles Times* et parcourir, de retour à Wesley, la page des annonces immobilières en entourant une annonce pour un « studio propre, refait à neuf, parfait pour un célibataire ».

Et comment comptait-il redevenir célibataire ?

J'imaginai le scénario le plus noir : une nuit, mon père se glissait dans son bureau, ouvrait son secrétaire et sortait le pistolet qu'il y conservait. Ce même pistolet que j'avais sous les yeux. Et s'il s'en était emparé, comme je le faisais à cet instant, pendant que sa famille dormait, comme la mienne à cet instant, il n'aurait été qu'à trois coups de feu de la liberté.

Mais s'il avait imaginé un tel scénario, pourquoi n'était-il pas passé à l'acte ? Il n'aurait pas été le premier. Des hommes comme mon père, ruinés, terrifiés par la déchéance future, des hommes ayant tout perdu, avaient voulu repartir de zéro en tuant les membres de leur famille. Pourquoi mon père ne s'était-il pas engagé sur cette voie ? Et pourquoi n'avait-il pas décidé de monter dans un avion, un train ou un bus pour disparaître, purement et simplement ?

En tout cas, il n'était pas resté par amour pour nous. À mesure que la beauté de ma mère déclinait, elle perdait son aura auprès de mon père. Il n'éprouvait que du mépris pour Warren. Et Jenny, la seule pour laquelle il semblait réellement avoir de l'affection, venait de mourir. Il ne restait que moi. Peut-être que seuls les espoirs qu'il plaçait en mon avenir l'avaient fait rester. Après tout, il m'avait envoyé dans la meilleure école de la ville, et quand il parlait de moi, c'était toujours dans les termes les plus élogieux. J'irais dans une grande université, je deviendrais un homme important. Je serais le fils dont il avait rêvé, la preuve de sa valeur, comme la beauté de ma mère avait symbolisé le bonheur de son couple.

Mais en avril 1975, même ce rêve était en train de mourir. Mon père n'avait plus d'argent pour m'envoyer à l'université, ce qu'il devait savoir. Dans ce cas, comment faire de moi un fils riche et plein de succès ?

Un instant, je pensai à sa déception. Il était en train de faire faillite, chargé d'une famille dont il n'avait que faire, sa seule fille étant morte.

Dans ce cas, pourquoi était-il resté ?

La réponse m'apparut bientôt. Parce que dans l'entrelacs de ses affaires et de sa famille, il avait trouvé une échappatoire.

La phrase écrite en marge de la lettre de sa sœur me revint : *C'est elle qui va me sortir de là.*

Comme dans un rêve, je m'imaginai à la place de Warren ce fameux été. Je mets des affaires en carton. La sonnette retentit. Je vais ouvrir. Un homme mince en costume sombre soulève son chapeau gris et m'observe avec des yeux inquisiteurs. Il a une voix apaisante, comme celle de Peak : « Ne t'inquiète pas. » Il est assureur, et il enquête, même s'il ne me dit pas ce qu'il cherche. Alors, comme Warren, je le laisse entrer et je réponds à ses questions. L'homme s'en va quelques minutes plus tard. Il ne m'a pas dit ce qu'il cherchait. Les années passent, je me marie, j'ai des enfants et je ne me demande jamais ce qu'il cherchait ce jour-là.

Mais désormais, je savais. Et quelques minutes plus tard, je l'avais entre les mains. Il apparut au milieu d'autres papiers comme un corps recouvert à la hâte de feuilles et de branches mortes qui refait surface dès que l'on creuse un peu. Ce n'était pas vraiment un contrat d'assurance-vie, mais une lettre adressée à mon père qui l'informait que la demande d'assurance-vie au nom de sa femme, pour un montant de deux cent mille dollars, avait été acceptée.

— Eric ?

En levant les yeux, je découvris Meredith au pied de l'escalier. Je ne l'avais pas entendue descendre. La tempête dans ma tête retentissait plus fort que ses pas.

— Qu'est-ce que tu fais là ? me demanda-t-elle, comme si elle s'inquiétait de ce que je pouvais fabriquer.

— Je regarde des vieux papiers.

Elle examina les dossiers éparpillés à mes pieds.

— Que cherches-tu ?

Je jetai un rapide coup d'œil autour de moi et remarquai une photo.

— Ça, dis-je en l'attrapant.

C'était une photo de famille, la dernière. Mon père et ma mère sur le perron de la grande maison, leurs trois enfants devant eux, Warren à gauche, Jenny à droite, moi au milieu.

Qui étais-je, à l'époque ? me demandai-je en observant cette photo. Que savais-je, cette année-là ? Qu'avais-je déjà refusé de savoir ? Pas seulement ce qu'on me cachait vraiment : l'assurance-vie, le chagrin de ma mère. Il y avait aussi des choses évidentes. Avais-je un jour réfléchi à la cruauté avec laquelle Warren était traité, aux migraines de Jenny, à ces moments où elle chutait sans raison, à ma mère qui s'asseyait souvent en silence à la table de la cuisine et triturait une serviette en papier entre ses mains ? Avais-je un jour jeté un coup d'œil par la vitre de ce joli bus qui me conduisait à Saint Regis chaque matin pour observer la grande maison au loin, en me disant qu'il y avait un mystère ?

Je remarquai l'inquiétude dans les yeux de ma femme, et les mots de Leo Brock me revinrent en tête : un mystère.

Un mystère.

Un instant, je crus savoir qui avait été l'auteur du coup de téléphone passé à la police. Je vis une silhouette. J'étais plein de soupçons, mais sans preuves. Je ressentis tout à coup une colère immense contre cette personne, une rage que rien ne pouvait apaiser. Je voyais une grosse tête, des lèvres humides et une barbe d'un jour. Je voyais même une chambre sale et en désordre, pleine de serviettes en papier grasses et de boîtes à pizza vides. C'était un célibataire seul et plein de rancœur, quelqu'un qui connaissait Meredith, Keith et moi, et qui avait vomi sur nous une partie de sa haine. Il avait inventé des histoires pour détruire l'image que nous donnions d'une famille parfaite.

— Tu ne veux pas me la montrer ?

Je sortis de ma rêverie pour découvrir que Meredith tirait sur la photo que je retenais sans réfléchir entre mes doigts.

— Bien sûr que si.

Je lâchai la photo et regardai Meredith, qui examina le cliché sans émotion.

— Et pourquoi la cherchais-tu ? s'étonna-t-elle.

Je haussai les épaules.

— Je ne sais pas. Parce que c'est la dernière où tout semble… (ma voix se brisa) normal.

Elle me rendit la photo.

— Tu as l'intention de passer la nuit ici ?

Je fis signe que non.

— Non, juste un petit moment encore.

Elle fit demi-tour pour regagner l'escalier, la tête un peu penchée, ses cheveux retombant sur ses tempes. Elle fit halte au sommet des marches. Un instant, je crus qu'elle allait redescendre, prendre une grande bouffée d'air et…

Tout avouer.

Je l'observai, ahuri par la superposition des images dans ma tête. Qu'est-ce que Meredith aurait à avouer ? Et pourtant, le soupçon m'avait envahi comme une épaisse fumée, je me sentais prisonnier d'une pièce en feu, les flammes se rapprochaient, et je n'avais aucun moyen d'éteindre l'incendie.

18

Le lundi matin, je me levai de bonne heure et descendis à la cuisine préparer du café. Je restai longtemps assis à la petite table ovale face au jardin. Je repensai à mes découvertes de la veille, à ces preuves que je possédais désormais, et je sentis plus que jamais la nécessité d'aller au bout de mon histoire, de savoir ce qui était vraiment arrivé à ma mère. Je me souvins aussi que, lorsque Meredith était descendue à la cave, j'avais cru qu'elle allait me faire des aveux, j'avais eu l'impression d'être pris au piège dans une pièce en flammes, ce que j'avais mis sur le compte du stress. Les incendies qui me ravageaient intérieurement disparaîtraient d'eux-mêmes quand Amy serait retrouvée, et que la vie reprendrait son cours normal.

Keith descendit l'escalier à sept heures et ne passa même pas à la cuisine. Il n'avait jamais faim au réveil, et cela faisait longtemps que nous n'insistions plus pour qu'il prenne un petit déjeuner. Comme chaque matin, il se contenta d'aller ramasser son vélo abandonné sur la pelouse couverte de rosée, de l'enfourcher et de partir à l'école.

Il avait déjà franchi la côte quand Meredith apparut dans la cuisine. D'habitude, à cette heure, elle était prête pour aller au travail, je m'étonnai donc qu'elle soit toujours emmitouflée dans sa robe de chambre, ceinture bien serrée, pieds nus, cheveux en bataille. Contrairement à son habitude, elle n'était pas maquillée, et je remarquai des cernes noirs autour de ses yeux. Elle semblait tendue et épuisée, vieillie par les épreuves que nous traversions.

— Je ne vais pas à l'école aujourd'hui, annonça-t-elle.

Elle se servit une tasse de café, mais au lieu de me rejoindre à table, elle s'approcha de la fenêtre et observa le jardin.

Je l'admirai de dos. Elle était toujours mince, elle avait les épaules larges, de longues jambes fuselées et malgré son air las, je comprenais pourquoi les hommes se retournaient encore sur elle dans la rue.

— Keith est déjà parti, lui annonçai-je.

— Je sais, je l'ai vu sur son vélo par la fenêtre, me dit Meredith qui buvait une gorgée sans détacher les yeux du jardin. Je vais appeler l'école pour dire que j'ai besoin de ma journée pour raisons personnelles. Comme ça, ils ne me poseront pas de questions.

Je m'approchai d'elle et enroulai mes bras autour de son cou :

211

— Moi aussi, je vais peut-être prendre ma journée, dans ce cas. Et si on allait au cinéma ? Une journée rien que pour nous deux.

Elle se dégagea de mon étreinte.

— Non, j'ai du travail.

— Quel travail ?

— Un cours à préparer. Sur Browning.

— Je croyais que tous tes cours étaient prêts. Ce n'est pas pour ça que tu restais si tard à la bibliothèque ?

Elle s'approcha de la cafetière.

— Tous, sauf celui sur Browning. J'ai mes notes ici.

— Aucun espoir que tu aies fini ce matin ? On pourrait aller faire une promenade tous les deux cet après-midi.

— Non, je n'aurai pas fini avant ce soir.

Elle s'approcha de moi, posa sa paume sur mon visage, puis dit :

— Mais je préparerai un bon dîner. Avec des bougies. Et du vin, dit-elle avec un petit sourire. On pourra même essayer de convaincre Keith de se joindre à nous, pour une fois.

Je retins sa main.

— Et Rodenberry ?

Elle tressaillit. J'ajoutai :

— Est-ce qu'on va parler de lui à Keith ?

Elle sembla rassurée que je ne lui pose que cette question.

— Oui.

— Très bien.

Je montai pour finir de m'habiller. Lorsque je redescendis, elle était assise à la table de la cuisine et sirotait son café. Elle m'adressa un sourire et lança :

— Bonne journée.

Quand j'arrivai à la boutique, l'inspecteur Peak m'attendait. Il portait une veste en flanelle de couleur claire et une chemise sans cravate. Il avait l'air beaucoup moins solennel. Alors que je m'approchais, il s'écarta du mur et me fit un signe de tête.

— Je me demandais si nous ne pourrions pas aller prendre un café, annonça-t-il.

— J'en ai déjà pris un, répondis-je froidement.

— Juste un petit, insista Peak, d'un ton très différent de la voix distante et professionnelle qu'il employait avec Meredith.

Il semblait étrangement fraternel, comme si nous étions de vieux amis, et que nous pouvions nous parler en toute franchise.

— Vous serez revenu pour l'ouverture, m'assura-t-il.

— Très bien, dis-je d'un air résigné.

Je le suivis jusqu'au bar tenu par les Richardson, un couple originaire de New York installé à Wesley depuis quelques années. Ils avaient supprimé le côté Art déco de l'endroit pour tenter de créer une atmosphère chaleureuse avec des tables en bois, des rideaux en dentelle, des salières et des poivrières en porcelaine. Avant ce jour-là, je n'avais jamais vraiment prêté attention à la décoration, mais tout à coup, elle me parut artificielle, un peu comme un lifting raté.

— Deux cafés, commanda Peak à Matt Richardson alors que nous nous installions à une table près de la devanture.

Peak sourit et me demanda :

— Puis-je vous appeler Eric ?

— Non.

Son sourire disparut.

— Moi aussi, j'ai une famille, me confia-t-il.

Il crut que j'allais renchérir. Comme je n'en faisais rien, il croisa les bras sur la table et se pencha vers moi.

— C'est mon jour de repos, m'apprit-il.

Je craignais que ce ne soit une nouvelle approche pour m'amadouer, me faire comprendre combien cette affaire lui importait, me dire qu'il essayait de m'aider. Une semaine plus tôt, je l'aurais cru, mais désormais je savais qu'il jouait un personnage. Il employait tout simplement une méthode apprise à l'école de police.

On nous servit nos cafés. Je pris une petite gorgée, mais Peak ne toucha pas au sien.

— Ça pourrait en rester là, dit-il d'une voix basse et mesurée. (Il aspira une grande bouffée d'air, comme un homme qui va plonger en eaux troubles.) Nous avons trouvé certaines choses sur l'ordinateur de Keith.

Mes mains se mirent à trembler comme des feuilles dans le vent. Je les posai sur mes genoux et pris un air inflexible.

— Lesquelles ? demandai-je.

Peak eut l'air attristé.

— Des photos.

— Des photos de quoi ?

— D'enfants.

J'eus l'impression que la terre s'arrêtait de tourner.

— Elles n'ont rien d'illégal, ajouta rapidement Peak. Ce ne sont pas vraiment des photos pédophiles.

— Et de quoi s'agit-il, dans ce cas ?

Il me lança un regard plein de sous-entendus.

— Vous êtes certain de ne rien savoir sur ces photos ?

— Certain.

— Vous n'utilisez jamais l'ordinateur de Keith ?

Je secouai la tête.

— Dans ce cas, il n'y a pas de doute, ces photos appartiennent à Keith, déclara Peak.

Il fit mine d'être désolé. Cela faisait partie de son nouveau personnage. Il tenait à s'assurer que ces clichés ne m'appartenaient pas, car cela aurait permis de disculper Keith. Il ne fallait pas oublier que je tenais un magasin de photo. Peut-être que je m'intéressais aux « clichés d'art ». Et dans ce cas, l'affaire ne serait pas allée plus loin.

— Il s'agit de petites filles âgées d'une huitaine d'années.

Il se mordit la lèvre inférieure, puis précisa :

— Nues.

Je me dis que le plus sûr était de garder le silence.

— Nous sommes allés voir les professeurs de Keith, reprit-il. Il semble avoir un problème de confiance en lui.

Je songeai à l'apparence négligée de Keith, à ses épaules voûtées, à son regard morne. Était-ce l'image qu'il avait de lui : écrasé par le destin, mou, incapable ?

— Le manque de confiance en soi, ça fait partie du profil, reprit Peak.

Je restai silencieux, de peur que le moindre mot puisse être retenu contre mon fils.

— Le profil des hommes qui s'intéressent aux enfants, ajouta Peak.

Je me cramponnai à mon silence comme à la rambarde d'un navire en perdition. Je n'avais rien d'autre à faire tandis que l'eau montait tout autour de moi.

— Vous voulez les voir ? me proposa Peak.

Je ne savais pas quoi répondre, et je ne comprenais pas où il voulait en venir. Si j'acceptais, quelle conclusion en tirerait-il ?

— Mr Moore ?

Je cherchai en vain la bonne réponse, et finalement répondis :

— J'imagine que je n'ai pas le choix.

Il m'annonça qu'elles étaient dans sa voiture, et comme je traversais le parking avec lui, j'eus l'impression d'être un condamné que le bourreau conduit à la potence.

Peak s'installa au volant. Je pris place à côté de lui. Il attrapa une enveloppe kraft placée entre les deux sièges.

— Ces clichés ont été imprimés à partir de l'ordinateur de Keith. Comme je vous l'ai dit, ils n'ont rien d'illégal. Mais je suis sûr que vous comprendrez qu'ils nous posent problème, que l'on ne peut pas faire comme s'ils n'existaient pas.

J'attrapai l'enveloppe et sortis une pile de photos d'un centimètre d'épaisseur. Il y en avait peut-être vingt ou trente. Je les observai une par une. Comme l'avait dit Peak, elles n'étaient pas vraiment pornographiques. Les petites filles se trouvaient dans des décors naturels, jamais dans une maison, leurs seins naissants à peine décelables sur leur torse blanc. Elles étaient assises nues au soleil sur des souches d'arbres ou près de ruisseaux scintillants. Elles étaient photographiées parfois de face, parfois de dos, parfois de profil, debout ou assises, les genoux sous le menton ou encore les bras autour de leurs jambes. Elles avaient les cheveux longs et des corps bien proportionnés. Elles étaient belles, comme tous les enfants. Aucune d'entre elles, me fis-je la remarque, ne mesurait plus d'un mètre vingt. Aucune n'était pubère. Toutes souriaient.

Que fait un père dans un moment pareil ? Que fait-il après avoir vu de telles photos, les avoir rangées dans l'enveloppe kraft, puis avoir reposé l'enveloppe entre les sièges ?

Il observe les yeux scrutateurs de l'autre homme, celui qui pense que son fils est, au mieux, un pervers, au pis, un kidnappeur, voire un violeur et un assassin. Il observe ces yeux et, parce qu'il n'a aucune réponse à apporter à la terrible accusation qu'il y voit, il se contente de demander :

— Et sa chambre ? Vous y avez trouvé quelque chose ?

— Vous voulez dire... des magazines, des choses comme ça ? demanda Peak. Non, rien.

Je posai une autre question :

— Un lien avec Amy ?

Peak fit signe que non.

— Et où en êtes-vous ?

— Nous poursuivons l'enquête.

Je lui décochai un regard glacial.

— Qu'espériez-vous en me montrant ces photos ?

— Mr Moore, me dit Peak d'une voix froide, dans des affaires de ce genre, plus vite l'enquête s'achève, mieux c'est.

— S'achève sur des aveux, c'est ça ?

— Si Keith acceptait de faire une déposition, nous pourrions l'aider, dit Peak qui m'examinait avec attention. Les Giordano veulent retrouver leur fille. Et, bien entendu, ils veulent savoir ce qui lui est arrivé. Si c'était votre enfant, vous seriez dans le même cas, j'en suis convaincu.

Tout à coup, je ne supportai plus le rôle du gentil que Peak incarnait.

— J'imagine, dis-je sèchement, puis je tendis la main vers la poignée de la portière.

Une nouvelle question m'arrêta net.

— Keith vous a-t-il déjà parlé d'un certain Delmot Price ?

Je répondis :

— C'est le fleuriste. Keith lui fait parfois des livraisons.

— C'est tout ce que vous savez sur leurs rapports ?

— Sur leurs rapports ? répétai-je.

— Nous avons retracé l'appel téléphonique de Keith, reprit Peak. Je suis sûr que votre avocat vous a mis au courant. L'appel qu'il passait quand le livreur de pizzas est arrivé. Il téléphonait à Delmot Price.

Je voulus répondre, puis me ravisai.

— Il connaît bien Keith, dit Peak d'un air plein de sous-entendus.

Je revis la voiture dans le chemin cette nuit-là, ses phares qui avaient balayé les buissons, puis Keith qui était apparu dans l'allée, avant de passer près de l'érable du Japon, puis de rentrer.

— Étaient-ils ensemble, ce soir-là ? demandai-je.

— Ensemble ?

— Keith et Delmot Price.

— Qu'est-ce qui vous fait penser qu'ils étaient ensemble ? demanda Peak.

Je ne pouvais lui répondre.

— Mr Moore ?

Je secouai la tête.

— Rien, dis-je. Rien ne me permet de penser qu'ils étaient ensemble.

Peak comprit qu'il m'avait touché. J'étais un cerf, et lui un archer qui savait viser juste. Je sentais la flèche dans mon flanc.

— Saviez-vous que Keith fréquentait cet homme ?

— Est-ce le cas ?

— D'après Price, ils ont une sorte de relation père-fils.

— Keith a un père, répondis-je sèchement.

— Bien entendu, dit doucement Peak. Mais il parle à Price de… ses problèmes, voyez-vous. Il lui a confié qu'il n'était pas heureux. Qu'il se sentait seul.

— Vous pensez que je ne le sais pas ?

Peak semblait sonder mon cerveau, inspecter le moindre recoin, chercher en moi un indice.

— Je suis sûr d'une chose, répliqua-t-il. Nous voulons aider Keith. Nous le voulons tous.

Je m'efforçai de ne pas éclater de rire, tant il était évident qu'il jouait un rôle écrit d'avance, qu'il suivait un plan soigneusement préparé pour que je finisse par trahir Keith. Peak avait fait un pas après l'autre, il avait lâché les informations au bon moment, puis il avait attendu. Comme à cet instant, où il se contenta de cligner lentement des paupières, puis de laisser échapper un soupir en disant :

— Saviez-vous que Keith vole ?

J'en eus le souffle coupé et ne répondis pas.

— Price l'a surpris en train de piquer dans la caisse de son magasin. Keith l'a supplié de ne rien dire, et c'est là qu'ils ont commencé à parler.

Je fis mine de ne pas être atteint par cette dernière attaque.

— C'est ridicule, déclarai-je. Keith a tout ce dont il a besoin. De plus, je le paie pour les livraisons qu'il effectue pour moi à la boutique.

— De toute évidence, cela ne lui suffit pas.

— Il a tout ce qu'il lui faut. Pourquoi volerait-il ?

À nouveau, Peak attendit un peu pour tirer une nouvelle flèche.

— D'après Price, il essaie de réunir assez d'argent pour fuguer.

— Fuguer ? Où ça ?

— N'importe où, j'imagine.

Autrement dit, partout où je n'étais pas, où n'était pas Meredith, loin du fardeau que représentait pour lui notre famille.

— Et quand allait-il passer à l'action ? demandai-je d'un ton glacial.

— Dès qu'il aurait réuni assez d'argent, j'imagine, répondit Peak en se grattant le visage.

— À moins que cette histoire ne soit inventée de toutes pièces, rétorquai-je. Y avez-vous songé ? Peut-être que Price ment. Peut-être que Keith n'a pas volé dans sa caisse.

— Peut-être. Et si vous lui posiez vous-même la question ?

Il venait de me coincer. Il venait de m'obliger à faire son boulot à sa place, à interroger mon fils pour lui.

— Que lui avez-vous demandé, Mr Moore ? me questionna Peak. Lui avez-vous demandé de but en blanc s'il avait fait du mal à Amy Giordano ?

Il lut la réponse dans mes yeux.

— Lui avez-vous posé des questions sur cette fameuse soirée ?

— Bien sûr que oui.

— Lesquelles ?

— Je lui ai demandé s'il pensait qu'Amy avait la moindre raison de fuguer. Et s'il avait vu quelque chose d'étrange autour de chez elle. Un rôdeur, par exemple.

— Il a répondu par la négative, n'est-ce pas ?

J'acquiesçai.

— Et bien entendu, vous l'avez cru. Comme n'importe quel père. Mais Keith n'est pas celui que vous imaginez, dit-il d'une voix grave.

Je fis tout mon possible pour ne pas éclater d'un rire cynique et crachai :

— Dans ce cas, qui est-il ?

19

Dans ce cas, qui est-il ?

Je n'avais jamais eu de telles interrogations sur mon fils. Elles me renvoyaient pourtant à des remarques que j'avais récemment entendues, d'abord dans la bouche de Meredith : « Parce que les gens mentent », puis celle de Warren : « Dans la vie, tout le monde ment ». Ces remarques résonnaient douloureusement en moi. Cette fois, c'était à mon tour de tout mettre en doute. Et dès que j'essayais de réfléchir, un souvenir obsédant me revenait comme une bobine de film qui tourne en boucle : Jenny sur son lit de mort, muette, le regard affolé alors qu'elle pressait les lèvres contre mon oreille. Elle voulait absolument me dire quelque chose. Après sa disparition, je m'étais convaincu qu'il s'agissait d'un adieu au seuil de la mort. Mais tout à coup, je me demandais si ce message n'était pas plutôt : « Ne fais confiance à personne. »

Je repensai à Keith à l'instant où je l'avais surpris une cigarette à la main près du terrain de jeux, puis à cette relation « père-fils » avec Delmot

Price dont Peak m'avait appris l'existence. Tout comme son projet de fugue. C'était une surprise : des faits, s'il s'agissait bien de faits, que je n'aurais jamais imaginés, et qui, s'ils étaient vrais, signifiaient que je ne connaissais pas mon fils.

Tout à coup, je fus submergé par une vague de colère. Quel père étais-je, si Keith jugeait nécessaire d'aller se confier à un autre homme ?

En tant que père, je m'étais toujours cru bien supérieur à mon géniteur, car plus présent auprès de mon fils. Même pendant les derniers jours de Jenny, il partait pour Boston ou New York et ordonnait à Warren de veiller sur elle la nuit, ce que mon frère acceptait sans protester. Sauf la dernière fois, celle où il était ressorti de la chambre de Jenny l'air hébété, comme s'il avait vu le diable.

Mais étais-je vraiment un meilleur père que mon propre père ? Quand, pour la dernière fois, avais-je eu une véritable discussion avec mon fils ? Bien entendu, nous échangions quelques mots au dîner, ou lorsque nous nous croisions dans le couloir. Mais une véritable discussion, c'était autre chose. Les vraies conversations sont porteuses de rêve et d'espoir, elles font tomber les masques. Or, les vraies conversations sur sa vie, Keith les réservait à Delmot Price, l'homme qu'il allait voir parce qu'il ne pouvait me parler. Si je voulais renouer le contact avec mon fils, je devais aller voir cet homme.

Delmot Price n'était pas difficile à trouver, et quand il me vit franchir le seuil de sa boutique, il eut l'air d'un animal pris dans la lumière des phares.

Il était en train d'envelopper une douzaine de roses à longues tiges. J'attendis qu'il ait terminé, encaissé, et, avec un petit sourire, salué sa cliente.

Pendant ce temps, je remarquai son élégance, avec ses cheveux blancs qui scintillaient sous les spots, ses longs doigts qui repliaient le papier aluminium avec soin et formaient une boucle parfaite avec le nœud doré. On aurait dit une chorégraphie admirablement orchestrée, sans le moindre faux pas. De toute évidence, Price n'avait pas trouvé en Keith un garçon qui lui ressemblait, tel un prof de lettres qui se lie avec un élève ayant des aspirations littéraires. Au contraire, Delmot Price avait trouvé chez Keith, cet adolescent sans grâce et négligé avec des cheveux en bataille et un sourire triste, un individu dont il s'était rapproché non par admiration, mais par pitié, un adolescent qu'il plaignait de sa solitude, de sa maladresse et de son manque d'ambition. Un garçon qui avait besoin d'un père, avait dû penser Price.

Il vint à ma rencontre en écartant des fleurs et des feuilles, comme un homme qui traverse un jardin luxuriant.

— Mr Moore, fit-il en me tendant la main.

Mais il interrompit son geste, comme s'il me craignait, tout à coup.

Je lui serrai la main.

— Je ne veux pas vous déranger, dis-je.

Il me fit un signe de tête, s'avança vers la porte, accrocha la pancarte « Fermé » et me proposa de le suivre dans l'arrière-boutique dissimulée par des fougères.

— La police est venue me voir, m'annonça-t-il. Je suppose que vous êtes au courant.

— Oui.

— Vous savez donc aussi que je suis persuadé que Keith n'a rien à voir avec la disparition de cette petite fille.

— Je pense la même chose, dis-je tout en prenant conscience que je venais de mentir.

J'ajoutai :

— Mais il a tout de même enfreint la loi. Il vous a volé.

Price hocha doucement la tête.

— Pourquoi veut-il fuguer ? demandai-je.

Price hésita à répondre, comme un médecin que l'on questionne sur l'espérance de vie d'un proche.

— Il n'est pas heureux, Mr Moore.

— Pourriez-vous être plus précis ?

Je le vis chercher un exemple parmi de nombreuses possibilités.

— Laissez-moi vous raconter une histoire. Je possède un jardin et, la plupart du temps, quand j'y plante une graine, j'obtiens ce que j'attendais. Si je plante une rose, j'obtiens une rose. Mais de temps en temps, il y pousse quelque chose que je n'avais pas prévu et, alors que j'espérais une rose, je me retrouve avec un géranium. Il faut donc que je m'adapte. Je ne peux pas l'arroser et le soigner comme si c'était la rose à laquelle je m'attendais. Mais je peux quand même en faire un beau géranium. Vous voyez où je veux en venir ? Il faut s'adapter.

— Keith pense que j'aimerais qu'il soit différent ? demandai-je.

— Il ne le pense pas, il le sait.

— Mais en quoi fuguer résoudrait-il les choses ?

— En rien, sans doute. C'est ce que je lui ai dit. Où que tu ailles, ton ombre te suivra.

— Son ombre ?

— Votre piètre opinion de lui.

Il vit que j'encaissais le coup.

— J'ai eu le même problème avec mon fils, ajouta-t-il aussitôt.

— Il a fugué ? demandai-je.

Tout à coup, le regard de Price se ternit.

— Il s'est suicidé.

L'image de Keith prêt à se suicider jaillit à mon esprit. Je l'imaginai dans sa chambre avec le couteau suisse que je lui avais offert pour ses treize ans. Il se plantait la lame rouillée dans ses poignets blancs, puis regardait le sang rouge former une flaque entre ses pieds nus et se contentait d'attendre le grand sommeil, indifférent à cette vie inutile à laquelle il mettait fin.

— Je suis désolé, murmurai-je.

— J'étais comme beaucoup de pères, j'avais de grands projets pour mon fils, continua Price. Le problème, c'est que mes plans ne lui convenaient pas.

— Quels sont les projets de Keith ? Vous l'a-t-il dit ?

Price haussa les épaules.

— Je ne suis pas certain qu'il en ait. À part fuguer.

— Il ne peut pas fuguer maintenant. À cause de cette histoire avec Amy. Il doit le savoir.

— Je ne doute pas que vous le lui ayez bien fait comprendre.

Je me rendis compte que non, tout simplement parce que je n'aimais pas parler à Keith, voir ses yeux mornes par la porte entrebâillée de sa chambre. Cette vérité me frappa comme un coup de marteau : mon fils me répugnait. Je détestais sa façon de traîner les pieds, ses cheveux sales, son absence d'énergie. Et pourtant, j'avais tout fait pour cacher mes pensées. J'avais cherché à valoriser ses moindres réussites, photographié son ridicule projet d'anatomie, je lui avais tapé si souvent dans le dos et avec une telle force que ma main avait fini par s'engourdir. J'avais œuvré à cacher mes sentiments, et j'avais échoué. Car même s'il semblait ne s'apercevoir de rien, Keith avait vu clair en moi, et il souffrait en silence de mon mépris.

Price posa une main sur mon bras et me confia :

— Vous ne pouvez rien à ce qu'éprouve Keith. Je vois combien vous l'aimez.

— Bien sûr, dis-je, puis je lui serrai la main, lui dis au revoir, tournai les talons, et traversai l'air embaumé avec la phrase de ma femme en tête : « Les gens mentent, Eric. »

Meredith était au téléphone quand j'arrivai quelques minutes plus tard. Au moment d'ouvrir la porte, je l'entendis dire à la hâte : « Je dois te laisser », avant de refermer brusquement son portable.

Quand j'arrivai près d'elle, elle l'avait glissé dans la poche de sa robe de chambre.

— Bonjour, dit-elle en sortant de la cuisine avec un sourire. J'allais faire du café.

Sur le comptoir derrière elle, je remarquai la cafetière encore à moitié pleine.

— Tu deviens maniaque, observai-je.

Elle me lança un regard interrogateur.

— Une maniaque du café, expliquai-je. Comme ces gens qui refusent de le boire s'il a été fait il y a plus de deux heures.

Elle eut un rire crispé.

— Ah, c'est donc ça, le snobisme du café, dit-elle en se passant la main dans les cheveux. Où entends-tu des choses pareilles, Eric ?

— À la télévision, j'imagine.

Je restai silencieux. Puis Meredith me demanda :

— Pourquoi tu rentres si tôt ?

— Peak m'attendait quand je suis arrivé à la boutique.

Elle pâlit.

— La ligne téléphonique de la police, dit-elle aussitôt. Quelqu'un a raconté que…

Je fis signe que non.

— Non, ce n'est pas au sujet de la ligne télé-phonique. Ils ont découvert des choses sur Keith. Des choses dont je dois te parler.

Je me dirigeai vers le salon et m'installai sur le canapé. Meredith me suivit et prit le fauteuil face à moi.

— Peak m'a appris deux choses, commençai-je. Un, que Keith a un confident. Delmot Price, le fleuriste. Pour résumer, Price a surpris Keith un jour où il essayait de piquer dans sa caisse. Ils se sont mis à parler. Keith lui a expliqué qu'il volait parce qu'il avait besoin d'argent.

— Besoin d'argent ?

— Pour fuguer, dis-je avec une grimace. Il volait pour ça.

Meredith garda longtemps le silence, comme quelqu'un qui vient de recevoir un coup de poing entre les deux yeux et cherche à retrouver l'équilibre.

— Peak est également allé voir les profs de Keith. Ils disent qu'il a un problème de confiance en lui.

La suite était difficile à avouer, mais je n'avais pas le choix. Je repris :

— Il paraît que ça correspond au profil des pédophiles.

Les yeux de Meredith étincelaient de rage.

— La voiture, s'écria-t-elle. Tu penses que c'était ce type qui conduisait ?

— Non. Je suis allé le voir juste après le départ de Peak. C'est quelqu'un de bien, Meredith. Il avait un fils qui ressemblait à Keith.

— Qu'est-ce que tu veux dire par « un fils qui ressemblait à Keith » ?

— Un enfant avec des problèmes de… confiance en lui. Qui a mal fini. Il s'est suicidé.

Meredith secoua tristement la tête.

— Ce n'est pas tout, Meredith. La police a trouvé des photos sur l'ordinateur de Keith. Des photos de petites filles. Nues.

La main droite de Meredith voleta jusqu'à ses lèvres closes.

— Ce ne sont pas vraiment des photos pornographiques, mais ça n'en est pas très loin.

Meredith se leva et murmura :

— C'est affreux.

— Keith ne peut pas fuguer maintenant, dis-je. Nous devons y veiller. Peu importe ce qu'il prévoyait, il doit rester ici. La police penserait qu'il est en fuite. Ils ne croiront jamais que… (Je fis une pause parce que ces mots étaient trop douloureux. Mais je n'avais pas le choix.) Qu'il cherche à *nous* fuir.

Meredith hocha lourdement la tête.

— Tu dois lui parler, Eric.

— Nous devons lui parler tous les deux.

— Non, répondit-elle. Cela lui donnerait l'impression que nous nous liguons contre lui.

— Très bien. Mais dans ce cas, je vais lui dire tout ce que Peak m'a dit. Tout ce que Price m'a dit. Et je vais lui demander qui l'a ramené à la maison ce soir-là. Je veux une réponse à cette dernière question.

Meredith poussa un soupir.

— Et je n'accepterai pas qu'il me raconte des mensonges, dis-je. Cette histoire prend une sale tournure, et il doit le savoir.

— Oui.

Meredith semblait inaccessible, comme un bateau sans amarres qui dérive à l'horizon.

— Bon, conclut-elle.

Puis elle repartit vers son petit bureau, où je l'imaginai attendant avec angoisse le retour de notre fils.

20

Keith rentra vers quatre heures.

Jusqu'à ce qu'il apparaisse sur son vélo, je cherchai en vain comment lui parler. Je me souvenais de la maladresse de ma mère quand elle interrogeait Warren sur ses bêtises. Il niait, elle acceptait son explication, et ça en restait là. Mon père, au contraire, le harcelait et le regardait d'un air hautain s'enfoncer dans le bourbier de ses mensonges. Si Warren prétendait avoir regardé la télévision à l'heure où le méfait avait été commis, mon père attrapait le programme et lui demandait ce qu'il avait vu exactement. Si Warren réussissait à citer une émission, mon père feuilletait le magazine jusqu'à retrouver les détails et demandait à Warren de les lui raconter. Il avait toujours quelques mètres d'avance sur son fils.

Pourtant, Warren était facilement impressionnable. Au bout de quelques minutes, il avouait, puis acceptait la punition sans un mot. Warren avait toujours été soumis, il avait toujours respecté la volonté de notre père.

Keith était différent. C'était un garçon maussade et plein de ressentiment. Au moindre éclat, il pouvait quitter la pièce et disparaître dans la nuit. Quand je le vis lâcher son vélo et remonter l'allée de la maison, je craignis que notre confrontation ne devienne physique et que, pour l'empêcher de s'enfuir, je ne doive employer la force.

Il ne me vit pas tout de suite. Il lança son cartable dans l'escalier, tourna à droite et entra dans la cuisine. Je l'entendis ouvrir le réfrigérateur. Puis je perçus un bruit de capsule. Je pensais qu'il avait pris un soda, mais lorsqu'il s'avança dans l'entrée, je vis qu'il tenait une bière.

Quand il m'aperçut dans le salon, il me dévisagea d'un air boudeur, puis rejeta la tête en arrière, prit une longue gorgée et s'essuya les lèvres sur sa manche.

— Tu es trop jeune pour boire de l'alcool, Keith, lui rappelai-je.

— Oh, ça va. Quand j'atteindrai l'âge, je serai en prison, alors qu'est-ce que ça peut foutre ? (Il me lança un sourire de défi, puis prit une autre gorgée et me tendit la bouteille.) T'en veux, papa ?

Je me levai, m'approchai et lui arrachai la bouteille des mains.

— Il faut qu'on parle, dis-je. Dans ta chambre.

— Dans ma chambre ? dit-il avec un ricanement. Pas question.

Je posai la bouteille sur la table près de la porte.

— Dans ta chambre. Maintenant.

Il secoua la tête d'un air résigné, tourna les talons et monta les marches avec des pas exagérément lourds, comme un garçon qui a travaillé aux champs toute la journée, et non passé sept heures dans une salle de classe.

Devant sa porte, il se tourna vers moi et me lança :

— Tu vas pas aimer. Ce n'est ni propre ni bien rangé.

— Je m'en moque.

Keith ouvrit sa porte.

Je découvris le désordre auquel je m'attendais. La seule surprise, c'était qu'entre la fenêtre et le petit bureau où trônait auparavant son ordinateur, il avait accroché un carré de tissu noir. Les murs de sa chambre étaient couverts de photos découpées dans des magazines gothiques : des jeunes en jean et T-shirt noirs avec des cheveux teints en noir, des yeux, des lèvres et des ongles peints en noir.

— T'aimes ma déco, papa ? demanda Keith avec un rire moqueur. T'es content de ta visite ?

Je me tournai face à lui.

— J'ai eu une petite discussion avec Delmot Price ce matin, annonçai-je.

Keith se laissa tomber sur son lit défait et attrapa un magazine.

— Et alors ?

— La police est allée le voir, lui aussi. Ils savent que tu l'as appelé le soir de la disparition d'Amy.

Keith ouvrit le magazine et se mit à le feuilleter.

— J'avais besoin de parler, c'est tout.

— De tes projets de fugue ?

Keith n'eut pas l'air gêné par ma question. Il continua à feuilleter son magazine.

— Regarde-moi, Keith, demandai-je sèchement.

Il leva la tête d'un air alangui.

— Pose ce magazine.

Il le referma, le lança à travers la pièce et me défia du regard.

— Première chose, ne t'avise pas de quitter la ville, déclarai-je. Les flics n'attendent que ça pour te coincer.

Keith retira ses chaussures, s'adossa au mur et croisa les bras sur la poitrine.

Je pris sa chaise de bureau, la plaçai au centre de la pièce et m'assis pour que nos yeux soient à la même hauteur.

— À partir de maintenant, tu dois me répondre franchement, Keith.

Il continua à se taire et à me dévisager d'un air maussade.

— Ils ont trouvé les photos dans ton ordinateur, lâchai-je.

Je cherchai un signe d'inquiétude dans ses yeux, mais je ne vis que de l'indifférence.

— Pourquoi gardais-tu ces photos, Keith ?

Son silence était comme un fusil armé.

— Des photos de petites filles, insistai-je. Nues.

Il ferma les yeux.

— Pourquoi avais-tu des photos de petites filles sur ton ordinateur ?

Il secoua la tête.

— Ils les ont trouvées, Keith, déclarai-je fermement. Ils les ont trouvées dans ton disque dur.

Il continua à secouer la tête sans rouvrir les yeux.

— Tu imagines l'impression que ça leur a fait, n'est-ce pas ? Des petites filles de l'âge d'Amy.

Keith se mit à respirer exagérément fort.

— Keith, tu m'écoutes ? Ils ont trouvé des photos dans ton ordinateur !

Il respirait maintenant par à-coups, comme un plongeur qui se prépare à sauter sans bouteilles.

— Je les ai vues, Keith. Des photos de petites filles nues de sept-huit ans.

Tout à coup, le bruit de sa respiration s'arrêta, et il ouvrit les yeux.

— Quoi d'autre ? siffla-t-il. Quoi d'autre, papa ? Je sais qu'il y a autre chose.

À croire qu'il me mettait au défi de bâtir un dossier encore plus solide contre lui.

— Je veux savoir qui t'a ramené à la maison le soir où Amy a disparu.

Il m'observa sans un mot. Je crus qu'il allait me hurler une réponse stupide, mais au lieu de ça, il sembla se détendre.

— Personne ne m'a ramené à la maison, déclara-t-il calmement.

Je me penchai vers lui d'un air menaçant.

— Keith, j'ai vu une voiture s'engager dans le chemin. J'ai vu ses phares. Puis elle est repartie. Et un instant plus tard, tu apparaissais. Qui t'a ramené, Keith ?

— Personne, répondit-il tout bas.

— Keith, je dois savoir la vérité. Au sujet des photos. Et de la voiture.

— Je n'avais pas de photos, dit-il avec un aplomb étonnant, et personne ne m'a ramené à la maison ce soir-là.

Je manquai défaillir d'énervement.

— Keith, tu dois me dire la vérité.

Brusquement, un sanglot déchirant jaillit de lui.

— Merde ! hurla-t-il en se cognant la tête contre le mur avec une telle force que l'étagère vibra. Merde !

— Keith, tu ne vois pas que j'essaie de t'aider ?

— Merde ! hurla-t-il à nouveau.

Il était secoué de hoquets, comme s'il faisait une attaque. Puis il projeta à nouveau sa tête contre le mur.

Je bondis de ma chaise et arrachai le tissu noir.

— Ça suffit, les cachotteries ! m'écriai-je.

Keith continuait à se cogner la tête contre le mur. Son corps ressemblait à une poupée entre les mains d'un marionnettiste fou.

Je l'attrapai par les épaules.

— Arrête, Keith, le suppliai-je. Arrête !

Et là, il fondit en larmes. Je le pris dans mes bras et je le serrai jusqu'à ce qu'il se calme. Il finit par s'essuyer les yeux, puis leva la tête vers moi. Un instant, je crus qu'il allait tout avouer, reconnaître l'existence de ces photos et de la voiture qui l'avait ramené ce soir-là. Le pire, c'est de ne pas savoir, pensai-je. Le doute ne fait que nous détruire à petit feu.

— Keith, je t'en supplie.

Ses yeux étaient secs, et ses lèvres scellées.

— Je n'ai rien fait, dit-il à voix basse. Je n'ai rien fait.

Puis il se dégagea de mes bras et s'assit bien droit sur son lit.

— Je peux être seul, maintenant? me demanda-t-il. J'ai vraiment besoin d'être seul.

Je savais que je ne tirerais rien d'autre de lui. Il avait eu un moment de faiblesse, mais j'avais laissé passer ma chance.

Je quittai sa chambre et regagnai l'escalier. Je retrouvai Meredith dans le salon.

— Rien, déclarai-je. Il nie tout.

Dans les yeux de Meredith, je vis une panique presque animale.

— Il faut qu'il nous dise la vérité, Eric.

— Oui.

Je regardai la bosse du téléphone portable dans sa poche et me demandai où était le vrai dans ce que m'avait dit mon père, ce que m'avait dit Warren, ce que m'avait dit Keith, car désormais, je doutais de tout. J'imaginai un cliché avec Meredith et Keith, Warren et mon père, ma mère et Jenny. Ils étaient sur le perron de la maison que nous avions perdue, comme pour une photo de famille.

Mais personne ne souriait.

QUATRIÈME PARTIE

Une silhouette apparaît derrière la vitrine striée de pluie du restaurant et, un instant, vous croyez que c'est la personne que vous attendez. Vous vous souvenez de sa photo, mais c'est si vieux tout ça que vous n'êtes pas certain de reconnaître ses yeux, sa bouche, ses cheveux. Les traits s'affinent à mesure que la silhouette s'approche. Le temps a creusé des rides qui n'existaient pas à l'époque de la photo. Vous voyez ce visage surgir, vous vous préparez en espérant que le temps n'a pas maltraité vos traits au point où elle ne vous reconnaîtrait pas.

Et là, vous remarquez une petite fille qui tient la main de sa mère, et vous prenez conscience qu'à l'époque, tout le monde était jeune. Vous l'étiez, tout comme Meredith, et Warren aussi. Sans oublier Keith et Amy. Vincent et Karen Giordano étaient jeunes. Peak n'avait pas plus de cinquante ans, Kraus pas plus de quarante-cinq. Même Leo Brock vous semblait jeune, en tout cas moins vieux que maintenant.

La silhouette qui a attiré votre attention s'éloigne, mais vous continuez à regarder par la vitrine. Le vent d'automne fouette les arbres dans l'allée et arrache les *feuilles aux branches. Vous repensez à l'érable du Japon de votre jardin, à la dernière fois que vous l'avez vu. C'était aussi l'automne. Vous repensez à votre dernier regard vers cette maison, à vos yeux qui se sont posés une dernière fois sur le barbecue. Combien il semblait isolé près de cette maison vide, avec ses briques couvertes de feuilles détrempées. Vous vous demandez si vous auriez dû photographier ce barbecue et cette maison sans lumière pour remplacer la pile de photos de famille que vous aviez brûlée dans la cheminée le dernier jour. Au cinéma, le héros les aurait jetées dans les flammes une par une, mais vous avez lancé le tas d'un coup. Vous avez même évité de les regarder alors que le feu les dévorait, et réduisait votre vie à un tas de cendres.*

21

Après ma confrontation avec Keith, la semaine s'écoula sans heurt. Chaque jour, j'attendais un appel de Leo pour m'annoncer que Keith allait être interpellé et que je devais rentrer chez moi pour attendre l'arrivée de Peak et Kraus avec un mandat d'arrêt. Ils liraient ses droits à mon fils puis l'emmèneraient en le tenant chacun par un bras.

Mais quand Leo téléphona, c'était pour m'apprendre de bonnes nouvelles.

— Ça se présente bien, Eric, me dit-il d'un ton joyeux. Ils font analyser les cigarettes trouvées sous la fenêtre d'Amy, mais même s'ils prouvent que c'est Keith qui les a fumées, qu'est-ce que ça change ? Il n'y a pas de loi qui interdise à un gamin de sortir fumer dans le jardin.

— Mais il aurait menti, Leo. Il leur a dit qu'il n'était pas sorti de la maison.

— Eh bien, contrairement à la croyance populaire, mentir à la police n'est pas un délit. Quant aux photos sur son ordinateur, même réponse. Elles étaient anodines.

Des photos de petites filles nues ne me paraissaient pas anodines, mais je n'en dis rien.

— Et que va-t-il se passer, s'ils ne peuvent pas l'arrêter ? demandai-je.

— Eh bien, rien, me répondit-il.

— Leo, cette histoire ne peut pas en rester là. Une fillette a disparu, et...

— Et Keith n'a rien à voir avec ça, m'interrompit Leo. Rien à voir avec ça. Compris ?

Comme je ne répondais pas, Leo insista :

— Compris, Eric ?

— Compris, murmurai-je.

— Par conséquent, ce sont de bonnes nouvelles. Considère ça comme de bonnes nouvelles.

— Je sais.

— Alors, où est le problème ?

— C'est juste que toute cette histoire a ravivé beaucoup de choses en moi. Pas seulement avec Keith.

— Entre Meredith et toi ?

Cette question me parut étrange. Je n'avais jamais parlé de mon couple à Leo, et pourtant, c'était ça qui lui venait aussitôt à l'esprit.

— Pourquoi penses-tu à Meredith et moi ?

— Comme ça. Une affaire de ce genre, cela peut générer beaucoup de tensions dans un couple. Sinon, tout va bien ?

— Bien sûr.

— Pas de problèmes à la boutique, hein ?

— Juste la torpeur de l'arrière-saison.

Il y eut un silence, et je sentis qu'il allait m'annoncer quelque chose de déplaisant.

— Un détail, Eric. Vince Giordano est assez remonté, tu sais.

— J'imagine. Il est toujours sans nouvelles de sa fille.

— Certes, mais il est aussi remonté contre l'enquête.

— Au sujet de Keith, tu veux dire ?

— Oui. Il paraît qu'il s'est énervé dans les locaux de la police, hier. Il a exigé que Keith soit arrêté.

— Il est persuadé que Keith est coupable.

— Tiens-toi à distance de lui, me conseilla Leo d'un ton paternaliste. Et assure-toi que Keith fasse pareil.

— Très bien.

— Warren, aussi.

— Warren ? répétai-je, surpris. Pourquoi Vince Giordano aurait-il une dent contre Warren ?

— Parce que Keith n'a pas de voiture. Vince s'imagine qu'ils ont fait le coup ensemble.

— Mais comment peut-il imaginer une chose pareille ?

— Nous parlons d'un père désespéré. Nous ne sommes pas dans le rationnel, Eric, me rappela Leo. Alors dis à toute ta famille de se tenir à l'écart de Vince Giordano. Si jamais vous le croisez, à la poste, par exemple, faites-vous discret, et quittez les lieux au plus vite.

Il y eut un bref silence, puis Leo reprit, d'une voix étonnamment douce :

— Ça va, Eric ?

Je sentis une vague de mélancolie me submerger. Ma vie, si douce jusqu'à présent, n'était plus désormais que colère et douleur.

— Comment ça pourrait aller, Leo ? Tout le monde est persuadé que Keith a tué Amy Giordano. Depuis ce coup de fil anonyme, les flics pensent qu'il y a « un mystère » dans ma famille. Et maintenant, j'apprends que Vince Giordano est devenu fou furieux et qu'on doit tous se méfier de lui. C'est une prison, Leo. Voilà où nous sommes. En prison.

Il y eut à nouveau un silence, puis Leo déclara :

— Eric, je veux que tu m'écoutes avec beaucoup d'attention. Il est vraisemblable que Keith ne soit pas arrêté. C'est une bonne nouvelle, et tu devrais t'en réjouir. Quant au crétin qui a appelé la police, quelle importance ? En ce qui concerne Vince Giordano, il suffit de vous tenir à distance.

Qu'ajouter à ça ?

— D'accord, murmurai-je.

— Tu comprends ce que je te dis ?

— Oui. Merci de ton appel, Leo.

Mais, de toute évidence, il n'avait pas envie de raccrocher.

— C'est une bonne nouvelle, n'oublie pas ça, me dit-il, comme s'il s'adressait à un écolier dont il souhaitait un changement d'attitude.

— Une bonne nouvelle, répétai-je, car je savais que c'était ce qu'il voulait entendre. Une bonne nouvelle.

Puis je souris, comme s'il y avait dans mon magasin une caméra installée par Leo pour apprécier la sincérité de ma réponse.

Je fermai la boutique quelques heures plus tard, mais je n'avais pas envie de regagner la maison tout de suite. Meredith m'avait prévenu qu'elle rentrerait tard, et je savais que Keith serait reclus dans sa chambre. J'appelai donc Warren pour lui proposer d'aller boire une bière, mais il ne répondit pas.

Il ne me restait plus que mon père. Je décidai de lui rendre visite.

Il était dans son fauteuil roulant près de la cheminée, sa carcasse décharnée enveloppée dans une couverture rouge foncé. Dans sa jeunesse, il passait l'hiver sans manteau, mais désormais, il frissonnait dès le premier courant d'air.

— Nous ne sommes pas jeudi, dit-il quand il m'aperçut.

Je m'assis dans le fauteuil à bascule près de lui.

— J'avais envie de te voir, répliquai-je.

Il continua à observer les flammes.

— Warren t'a parlé ?

— Ouais.

— C'est pour ça que tu viens ?

Je fis signe que non.

— J'étais sûr qu'il viendrait se plaindre auprès de toi. Pour que tu viennes ensuite me convaincre de revenir sur ma décision.

— Eh bien, non. Il m'a dit que vous vous étiez disputés, que tu ne voulais plus jamais le revoir, mais il ne s'est pas plaint.

Les yeux de mon père se plissèrent de haine.

— J'aurais dû faire ça il y a longtemps. C'est un bon à rien.

— Un bon à rien, répétai-je. Tu as dit ça de maman, aussi.

Mon père avait les yeux dans le vague, comme un homme arpentant un musée plein d'œuvres dont il n'a que faire.

— À propos, repris-je. Tu m'as menti, papa.

Il ferma les yeux d'un air las et se prépara à une nouvelle salve d'accusations. Je continuai :

— Tu m'as dit que tu n'avais pas pris d'assurance-vie sur la tête de maman, repris-je. Or, j'en ai retrouvé trace dans tes papiers. Une assurance à hauteur de deux cent mille dollars.

Comme mon annonce ne produisait pas d'effet sur mon père, j'ajoutai :

— Pourquoi m'as-tu menti, papa ?

Son regard glissa sur moi.

— Je ne t'ai pas menti.

La colère m'envahit. Mon père réagissait exactement comme Keith une semaine plus tôt.

— Papa, j'ai trouvé une demande d'assurance-vie.

— Une demande n'est pas une police d'assurance, Eric. Tu devrais le savoir, aboya-t-il.

— Es-tu en train de nier qu'il y ait jamais eu de police d'assurance ? demandai-je. C'est bien ça ?

Il laissa échapper un rire sec.

— Eric, tu m'as demandé si j'avais pris une assurance-vie sur ta mère. Je t'ai répondu non. C'était la vérité.

— Je te pose à nouveau la question, papa, affirmes-tu qu'il n'y avait pas d'assurance-vie sur la tête de maman ?

— Non, Eric, ce n'est pas ce que j'ai dit.

— Donc, il y en avait une.

— Oui.

— Pour un montant de deux cent mille dollars.

— En effet. Mais cela signifie-t-il que j'ai pris l'assurance ?

— Qui d'autre, sinon ?

— Ta mère, Eric. C'est ta mère qui l'a prise.

— Sur son nom ?

— Oui.

Ses yeux luisaient faiblement, mais j'ignorais si cette lueur était due au réveil d'émotions enfouies, ou si ce n'était qu'une illusion de ma part.

— Elle l'a prise sans m'en parler, ajouta-t-il. Elle avait un... ami. Il l'a aidée à faire les démarches.

— Un ami ?

— Oui, répondit mon père. Tu le connaissais. C'était un ami de la famille. Un très bon ami de ta mère. Il venait souvent à la maison. Toujours prêt à rendre service. Jason.

— Jason Benefield ?

— Tu le connais ?

— Warren m'en a parlé.

— Évidemment, dit mon père en crispant étrangement les lèvres. Il vit toujours, d'ailleurs. Tu peux aller lui rendre visite. Il te répondra que je n'ai rien à voir avec cette assurance. Et pour ta gouverne, je n'en étais pas le bénéficiaire.

J'ignorais s'il bluffait.

— Et à qui est allé l'argent ? demandai-je.

— Quel argent ?

— L'argent de l'assurance-vie, après la mort de maman.

— Aucun argent n'a été versé, Eric. Pas un seul dollar.

— Et pourquoi ?

Mon père hésita. Pendant qu'il réfléchissait, je me demandai dans quelle mauvaise affaire il avait bien dû investir une telle somme.

— La compagnie d'assurances a refusé de payer, finit-il par dire.

Il s'agita sur son fauteuil. Je compris qu'il avait envie de mettre un terme à cette conversation, mais je ne lâchai pas prise.

— Et pourquoi la compagnie a-t-elle refusé de payer ?

— Va leur demander, répliqua mon père.

— C'est à toi que je le demande.

Mon père se détourna de moi.

— Dis-le-moi, putain ! hurlai-je.

Son regard s'attarda un instant sur moi.

— Les assurances-vie ne s'appliquent pas en cas de suicide.

— De suicide, murmurai-je, incrédule. Tu es en train de me dire que maman est passée volontairement par-dessus le parapet de ce pont ? C'est stupide.

Le regard de mon père n'était que défi.

— Dans ce cas, pourquoi ne portait-elle pas de ceinture de sécurité, Eric ? Tu te souviens qu'elle en mettait toujours ? Et qu'elle vous obligeait à en mettre, aussi ? Alors pourquoi ce jour-là, quand elle est tombée de ce pont, n'avait-elle pas la sienne ?

Il décoda le regard que je lui lançai.

— Tu ne me crois pas, c'est ça ?

— Non.

— Dans ce cas, va voir le rapport de police. Tout y est : sa vitesse excessive, la façon dont la voiture a foncé droit dans la rambarde de sécurité. Tout. Y compris le fait qu'elle ne portait pas de ceinture. Sans compter qu'il y avait des témoins. Incapable de se suicider correctement, conclut-il avec un ricanement de mépris.

— Tu n'as pas intérêt à me mentir, papa. Pas à ce sujet.

— Va voir ce rapport, si tu ne me crois pas ! Il y en a une copie dans mes dossiers. Tu as commencé à fouiller, hein ? Alors continue.

Je ne pouvais pas contester ce fait.

— À propos de tes dossiers, dis-je. J'ai trouvé une lettre de tante Emma. Elle accuse maman de ta faillite. Elle déclare que c'est elle qui dépensait tout notre argent.

Mon père rejeta cette affirmation d'un geste de la main :

— Qui croit à ce que ma folle de sœur écrit ?

— C'est ce que tu as écrit qui me gêne.

— C'est-à-dire ?

— Tu as gribouillé une phrase en marge de la lettre de tante Emma.

— C'est-à-dire ?

— « C'est elle qui va me sortir de là. »

Mon père éclata de rire.

— Que voulais-tu dire ? insistai-je.

— Qu'Emma allait me sortir de là ! Dans ma phrase, « elle », c'est Emma !

— Et comment tante Emma aurait-elle pu te sortir de là ?

— Parce que son mari lui avait laissé une fortune à sa mort ! Mais elle n'en a pas dépensé un centime. Et elle ne m'en a jamais donné un centime non plus. Quand elle est décédée, elle possédait encore chaque dollar que ce connard lui avait laissé. Près d'un million. Et à qui est allé l'héritage ? À un refuge pour animaux !

Il rit à nouveau, cette fois avec amertume, comme si la vie n'était qu'une mauvaise blague.

J'attendis que son rire se calme, puis je posai ma dernière question :

— Maman a-t-elle eu une aventure ? Warren prétend que oui. Avec l'homme dont tu as parlé, Benefield. Il a dit que tante Emma t'en avait averti.

Ce dernier assaut eut raison de mon père.

— Où veux-tu en venir, Eric, avec ces histoires d'assurance-vie ? Qu'est-ce que tu t'imagines ? Tu penses que je l'ai tuée, c'est ça ? Pour de l'argent ? Ou parce que je croyais qu'elle se faisait sauter par ce type ? C'est bien ça ? Mais qu'est-ce que ça peut faire, maintenant, Eric ? Tout ça, c'est à cause de Keith, hein ? Tu ne supportes pas l'idée que ton fils puisse être un menteur ou un assassin, alors tu préfères reporter ces accusations sur moi !

Il se tut quelques instants. Je le vis réfléchir derrière ses yeux rageurs. Il releva la tête.

— Eh bien, puisque tu as tellement envie de savoir la vérité, Eric, voilà quelque chose que tu préféreras peut-être ne jamais avoir entendu. Le bénéficiaire de l'assurance-vie de ta mère, ce n'était pas moi, c'était toi.

Je le regardai d'un air ahuri.

— Moi ? Et pourquoi aurait-elle… ?

— Elle savait combien tu voulais faire des études, m'interrompit mon père. C'était pour elle la seule façon de t'assurer un avenir.

Je ne le crus pas, pourtant cette hypothèse était plausible. Pris dans les griffes du doute, je mettais désormais tout en cause. Je vis le faisceau jaune des phares balayer les buissons devant chez moi, et repensai aux mensonges de Keith. Maintenant, mon père me racontait que ma mère avait envoyé le break familial par-dessus le parapet d'un pont de dix mètres de haut pour me sauver.

Je me levai.

— Je m'en vais, déclarai-je.

Mon père ne fit aucun effort pour me retenir.

— Comme tu voudras.

— Je ne suis pas certain de revenir, papa, ajoutai-je d'un ton dur.

Il regardait toujours le feu de cheminée.

— T'ai-je jamais demandé de venir me voir ? T'ai-je jamais demandé quoi que ce soit, Eric ?

Avant que je réponde, il détourna le regard et l'immobilisa sur les flammes en disant :

— Va-t'en.

J'hésitai un moment. J'observai ses épaules décharnées sous sa robe de chambre, le regard triste de cet homme qui ne possédait plus rien. Mais j'étais désormais incapable de ressentir la moindre affection pour lui. Je sus que c'était la dernière fois que je voyais mon père.

J'observai la scène quelques instants, puis tournai les talons et regagnai ma voiture. Assis au volant, je jetai un coup d'œil à la maison de retraite où je savais que mon père passerait le restant de ses jours. Il deviendrait de plus en plus renfermé et amer, il cesserait peu à peu de parler à quiconque. Le personnel et les résidents prendraient leurs distances, et sa dernière heure venue, quand on le retrouverait dans son fauteuil ou dans son lit, un sentiment de satisfaction se répandrait dans les couloirs. Ce serait son cadeau d'adieu à ses camarades : la nouvelle qu'il avait enfin quitté cette terre.

22

Comme je rentrais chez moi, le calvaire de ma mère me revint sous forme de clichés qui semblaient issus d'un album enfoui au fond de ma mémoire. Je la revis sous le grand chêne de notre pelouse soigneusement entretenue, marchant sous la pluie, couchée dans sa chambre obscure à la lueur d'une seule bougie. Je la revis dans le garage à peine éclairé, assise au volant de la Chrysler bleu nuit, les mains sur les genoux, la tête baissée.

En fait, je n'avais que des images floues de ma mère car, à cette époque, je partais chaque jour en vitesse à l'école. J'étais bien plus préoccupé par ma vie de jeune garçon que par la sienne.

Comme la nuit tombait, j'essayais de mesurer le poids de son fardeau : un mari qui ne l'aimait pas et qui échouait dans tout ce qu'il entreprenait, une fille morte d'une tumeur au cerveau, un fils, Warren, écrasé par le mépris de son père, et moi qui la remarquais à peine. Elle laisserait si peu de choses derrière elle, avait-elle dû penser, assise au volant dans le garage plongé dans l'obscurité, elle manquerait à si peu de monde…

Pour la première fois depuis des années, je me sentis accablé par une charge trop lourde pour moi. Il fallait que je partage ce fardeau avec un autre être humain. C'est dans ce genre de moments, me dis-je, que le mariage prend tout son sens. J'avais mille fois plaisanté sur la vie conjugale. C'était une cible facile : l'idée de partager sa vie avec une seule et même personne, en croyant que cet homme ou cette femme comblerait ses moindres désirs, du plus passionné au plus banal, était absurde.

Mais tout à coup, j'eus ma réponse. Le mariage fonctionnait parce que, dans un monde qui changeait sans cesse, on voulait tous faire confiance à quelqu'un.

Je n'étais plus très loin de la route 6. L'école de Meredith se dressait au sommet d'une petite colline. C'était une structure en brique et en verre, l'un de ces bâtiments sans âme que les architectes traitent avec mépris et auxquels les légions d'élèves qui le fréquentent ne prêtent même pas attention.

Je me garai dans l'espace réservé aux visiteurs et empruntai l'allée en ciment qui menait au département de Meredith. J'aperçus sa voiture dans le parking des professeurs, et cette vision familière me réconforta.

Son bureau se situait au premier étage. Je frappai, mais n'obtins aucune réponse. Je vérifiai les heures de réception affichées sur sa porte : *16 h 30-18 h 30.* Je regardai ma montre. Il était dix-sept heures quarante-cinq. Meredith n'allait donc pas tarder à revenir, elle était sans doute partie aux toilettes, ou bien elle prenait un café en salle des profs.

Des chaises en métal étaient disposées dans le couloir pour les étudiants qui attendaient un rendez-vous. Je m'assis et pris le quotidien posé sur la chaise voisine. On y parlait à peine de la disparition d'Amy, le journaliste se contentant de mentionner que « la police suivait plusieurs pistes ».

Je parcourus le journal, puis jetai un nouveau coup d'œil à ma montre. Il était dix-huit heures cinq. Je scrutai le couloir vide avec l'espoir d'y voir surgir Meredith. Je l'imaginai franchissant les doubles portes en croquant une pomme, le goûter qu'elle s'offrait souvent pour calmer sa faim avant de rentrer à la maison.

Mais le couloir demeura désert. Je repris donc mon journal et je lus des articles qui ne m'intéressaient guère, les pages sport et finances, puis un entrefilet sur un nouveau traitement contre la calvitie.

Quand j'eus tout lu, je posai le journal et regardai à nouveau ma montre. Il était dix-huit heures quinze.

Je m'approchai de la porte de son bureau et frappai. J'espérais, même si c'était improbable, qu'elle ne m'ait pas entendu la première fois. Je n'obtins pas davantage de réponse, mais j'aperçus un rayon de lumière sous la porte. Si elle avait laissé une lampe allumée, c'est qu'elle avait l'intention de revenir.

Rassuré, je regagnai ma chaise. Comme les minutes s'écoulaient, je repensai à mon père et aux révélations qu'il m'avait faites. Sans savoir pourquoi, tout à coup, j'eus la certitude qu'il ne m'avait pas menti. J'étais maintenant convaincu que ma mère avait eu une liaison, qu'elle avait pris une assurance-vie et qu'elle s'était suicidée. Mais j'étais tout aussi convaincu que mon père avait souhaité sa mort, qu'il avait même songé à la tuer, et nous aussi, peut-être.

L'air me donna l'impression de s'épaissir autour de moi comme une fumée toxique, et ma respiration s'accéléra, comme si je courais sur un chemin non éclairé en franchissant des obstacles que je voyais à peine. Je me sentais secoué, et me surpris à observer le rayon de lumière sous la porte de Meredith. Je me demandais si par hasard, elle ne serait pas là, cachée, tout en sachant que je me trouvais dans le couloir.

Cachée pour éviter quoi ?

Poussé par une angoisse dévorante, je me levai, me dirigeai vers la porte et frappai, plus fort cette fois, avec plus d'insistance. Puis j'appelai tout à coup, sans réfléchir : « Meredith ! »

Je me rendis compte que j'avais crié bien plus fort que je ne le pensais. J'entendis ma voix résonner dans le couloir : une voix désespérée, à la limite de l'hystérie.

Je pris une grande bouffée d'air, mais je me sentais brûlant, comme si on me remplissait intérieurement de charbon incandescent.

Il était maintenant plus de dix-huit heures trente. Cette heure tomba tel un couperet. C'était comme si j'avais laissé à ma femme le loisir de s'expliquer, ce qu'elle n'avait pas fait, et que je venais de la condamner à mort.

Je repris le couloir d'un pas lourd, descendis les marches quatre à quatre et plongeai dans l'air vif. Un instant, le contraste du froid et de ma peau fut saisissant, mais l'instant d'après, je l'oubliai. Au bout du parking, entre la voiture de Meredith et une BMW étincelante, j'aperçus ma femme en compagnie d'un grand homme mince.

Rodenberry.

Je me glissai derrière un arbre, un peu comme un voyeur. Ils se tenaient très près l'un de l'autre et parlaient tout bas. Rodenberry hochait la tête et, de temps en temps, Meredith lui saisissait le bras.

Comme un spectateur dans une salle obscure, j'attendis qu'ils s'enlacent, j'attendis le baiser qui scellerait leur destin.

Il ne vint jamais, mais ça n'avait pas d'importance. Et cela n'avait pas non plus d'importance qu'après un dernier mot, Meredith se dirige vers sa voiture, et qu'avec la même tranquillité, Rodenberry monte dans sa BMW étincelante. L'important, c'est qu'au moment où chacun s'éloignait au volant de sa voiture, j'entendis la ligne de la police retentir et un murmure dans le combiné. Je sus alors qui était l'auteur de cet appel, et aussi ce que cette personne avait dit.

Lorsqu'il ne vous reste plus que votre avocat pour vous confier, cela implique que vous êtes vraiment seul au monde. Pourtant, je ne pensais pas à ça en me rendant chez Leo Brock.

Il possédait un modeste cabinet dans un bâtiment en brique situé entre une épicerie et une quincaillerie. Sa Mercedes, beaucoup plus rutilante, était garée sur le parking.

Sa secrétaire était déjà partie, mais la porte était encore ouverte, et je trouvai Leo en train de feuilleter un magazine dans le fauteuil en cuir de son bureau.

— Eric, fit-il avec un grand sourire. Comment ça va ?

Il comprit que ça n'allait pas très bien. Je débarquai dans son bureau comme un homme qui a plongé la tête dans un trou et y a vu un monstre.

— Tu as croisé Vince ? me demanda-t-il aussitôt.

— Non.

Il ôta les pieds de son bureau, preuve qu'il était préoccupé.

— Qu'est-ce qui se passe, Eric ?

— Cet appel sur la ligne de la police. C'était à quel sujet, exactement ?

Il repoussa le magazine vers un coin de son bureau.

— Rien, répondit-il.

— Qu'est-ce que ça veut dire, rien ?

— Eric, et si tu t'asseyais ?

— Qu'est-ce que c'était, Leo ?

— Ça n'a aucun rapport avec l'affaire.

— L'affaire de Keith.

— L'affaire d'Amy Giordano.

— Mais tu sais de quoi il en retournait ?

— J'ai ma petite idée.

— Qui est ?

— Comme je te l'ai dit, Eric, ça n'a aucun rapport avec l'affaire.

— Et comme je te l'ai demandé, Leo, c'était à quel sujet ?

Il me dévisagea d'un air culpabilisateur, comme si je crachais des étincelles sur son tapis persan.

— Eric, je t'en prie, assieds-toi.

Je revis tout à coup Meredith et Leo dans l'allée de la maison en train de parler tout bas, le hochement de tête rassurant de Leo, et les bras de ma femme qui étaient retombés le long de ses flancs, comme tout à coup débarrassés d'un poids très lourd.

— Je sais, dis-je.

— Tu sais quoi ?

— Que Meredith te l'a dit.

Leo me regarda avec ce qui était de toute évidence une expression de stupeur feinte.

— Le jour où tu es venu parler à Keith, Meredith t'a raccompagné à ta voiture. C'est là qu'elle te l'a dit.

— Qu'elle m'a dit quoi ?

— Qu'il se passait des choses dans notre couple. Qu'il y avait un « mystère ». Je sais même pourquoi elle te l'a dit. Elle avait peur que ça se sache. Ce qu'elle ignorait, c'est que d'autres personnes étaient déjà au courant. Tout du moins, une autre personne.

Leo se laissa aller dans son fauteuil.

— Eric, de quoi parles-tu ?

— De vous deux, près de la voiture.

— Oui, elle m'a raccompagné à ma voiture, et alors ?

— C'est là qu'elle te l'a dit.

Leo semblait à la fois apeuré et exaspéré, comme un homme face à un cobra, à la fois prudent et las de sa danse.

— Il va falloir que tu sois plus précis.

Je me souvins du ton pressé de Meredith quand j'étais rentré plus tôt dans l'après-midi, de son « Je dois te laisser », avant de cacher son téléphone dans sa poche. De Meredith qui restait tard à l'école, du ton nostalgique qu'elle avait pris en disant : « C'est peut-être quelqu'un d'autre », quand je lui avais déclaré que l'histoire de Lenny Bruce ne venait pas de Mr May. De Rodenberry, qu'elle avait décrit comme « très drôle ». Enfin, je revis Meredith sur le parking avec le même Rodenberry.

— Elle t'a dit qu'elle avait une liaison, annonçai-je tranquillement, comme un homme qui a accepté la réalité. C'est ça que la police a appris par la ligne téléphonique. Que Meredith avait une liaison.

Leo me regarda sans un mot, l'air presque déçu. Il était aussi coupable que Meredith et Rodenberry, car il était complice de leur liaison.

— J'ai eu une intuition, repris-je. La personne qui a appelé la police, c'était une femme, n'est-ce pas ?

Leo se pencha vers moi.

— Eric, il faut que tu te calmes.

J'eus un ricanement.

— L'épouse de l'amant de Meredith, c'est elle qui a appelé la police.

Leo ne dit pas un mot. J'ajoutai :

— Une petite femme pâle du nom de Judith Rodenberry.

Leo secoua la tête.

— Je ne vois pas où tu veux en venir, Eric.

Il mentait, et je le savais. À nouveau, je revis le jour où Meredith l'avait raccompagné à sa Mercedes noire, tous deux presque cachés par les longues branches de l'érable du Japon, mais suffisamment visibles pour que j'aperçoive les mains de Meredith s'agiter comme des oiseaux pris de panique, jusqu'à ce que quelques paroles de Leo l'apaisent. Que lui avait-il dit ? me demandai-je, puis je mis ces mots dans sa bouche : « Ne t'inquiète pas, Meredith, personne ne saura. »

— Tu m'as entendu, Eric ? demanda sévèrement Leo. Je ne vois pas de quoi tu parles. Cet appel sur la ligne de la police n'a rien à voir avec Meredith.

— Avec qui, alors ? m'écriai-je. Qu'est-ce que cette personne a dit ? C'est quoi, ce mystère ?

Je me sentais comme une carafe remplie d'un liquide inflammable.

— Dis-moi la vérité, putain ! hurlai-je.

Leo se laissa aller dans son fauteuil et sembla vieillir de plusieurs années sous mes yeux. Il m'annonça d'une voix grave :

— C'était au sujet de Warren. C'est avec Warren qu'il y a un mystère.

23

Pendant de nombreuses années, je n'avais rien remarqué. Mais comme j'atteignais la rue de Warren, tout devint clair. La proximité de sa maison avec l'école primaire, sa fenêtre qui donnait sur la cour, si bien qu'il pouvait regarder les petites filles jouer à la balançoire, et même voir sous leurs jupes quand elles s'élevaient dans les airs. Il pouvait les observer sur la cage à écureuils ou le toboggan, caché par ses rideaux. Il voyait toute la cour, il pouvait donc suivre des yeux les fillettes qu'il préférait comme un chasseur traque un cerf.

Comme j'approchais, d'autres détails me revinrent en tête. Le fait que Warren préférait travailler le week-end et prendre son mercredi et son jeudi, deux jours où les enfants batifolaient dans la cour de récréation. Je me souvins qu'il aimait travailler pendant les vacances scolaires, et combien il redoutait l'approche de l'été, une période où il n'y avait plus d'école. Il avait ses raisons : ça ne le dérangeait pas de travailler le week-end parce qu'il n'avait pas de famille. Il préférait ne pas prendre de vacances parce que celles-ci le déprimaient, si bien qu'il avait plus de mal à résister à la bouteille. Il redoutait l'été parce qu'il faisait chaud et humide.

J'avais toujours accepté ses explications, mais désormais, elles m'apparaissaient comme des alibis. En fait, mon frère ne vivait que pour épier depuis sa fenêtre les fillettes dans la cour de récréation.

Tout à coup je pensai à quelque chose de bien plus préoccupant : durant le mois que Warren avait passé chez nous quand il s'était cassé la hanche, il avait occupé la chambre de Keith. Où se trouvait l'ordinateur de Keith. J'entendais presque encore le bruit de ses doigts sur les touches. Au début, j'avais pensé qu'il jouait à des jeux vidéo.

Puis je revis les photos que l'inspecteur Peak m'avait montrées, ces photos trouvées dans l'ordinateur de Keith, et je me souvins que mon fils avait nié que ces clichés lui appartenaient, quitte à se heurter violemment la tête contre le mur. Je sus alors que le coupable, c'était Warren. Que c'était lui qui surfait sur Internet à la recherche de photos de fillettes. La seule question en suspens, c'était : dans quel but ? Qu'est-ce qui, dans l'esprit tordu de mon frère, le poussait à regarder des petites filles pour satisfaire ses pulsions d'adulte ?

J'essayai de voir, dans notre enfance, des signes de perversité naissante. Je cherchai dans l'œil de Warren une lueur que je n'aurais su interpréter à l'époque. Avait-il jamais suivi du regard un enfant dans la rue ? S'était-il arrêté au beau milieu d'une phrase à l'approche d'une petite fille ? Avait-il mentionné une fillette du voisinage, une petite sœur ou une cousine en visite ?

Je ne trouvai aucune preuve. Warren n'était qu'un garçon maladroit qui manquait de confiance en lui, lent à la détente, mauvais en sport, en butte à d'innombrables moqueries au lycée. Je l'avais toujours plaint. Mais tout à coup, à l'idée que ce petit garçon soit devenu un pervers, je ne ressentis plus que du dégoût pour lui.

Je me garai derrière le vieux pick-up avec lequel il allait travailler. À l'arrière, traînaient quelques pots de peinture et de vieux chiffons, ainsi que deux échelles mal attachées, comme tout ce que faisait Warren. Il n'allait jamais au bout des choses, ne se souciait jamais des détails, comme si sa vie suivait un tracé aussi sinueux qu'un homme ivre. Mais j'avais toujours éprouvé pour lui une affection fraternelle, je lui pardonnais sa mollesse, son penchant pour la boisson, sa vie pathétique. Tout à coup, mes soupçons s'aiguisèrent.

Je restai longtemps derrière mon volant dans l'allée pleine d'herbes folles, incapable de franchir le seuil de la petite maison qu'il occupait depuis quinze ans. Sa porte était fermée, mais un rayon de lumière jaunâtre s'échappait de sa tanière de célibataire. Il avait entassé dans le salon des meubles dépareillés, une télévision, un ordinateur et un réfrigérateur juste assez grand pour contenir un pack de six bières. Un temps, il avait eu des lampes à lave, puis une série de lanternes aux couleurs criardes, mais ces dernières avaient finalement cédé leur place à une ampoule nue au plafond et au scintillement de l'écran d'ordinateur.

La vision de Warren vautré dans un gros fauteuil, son visage bouffi éclairé par l'écran d'ordinateur, provoqua en moi une certaine tristesse. Je repensai à la vie maussade de mon frère, à son secret bien gardé, aux envies indicibles qui le rongeaient. Les photos que l'inspecteur Peak avait trouvées sur l'ordinateur de Keith me revinrent à l'esprit, ces fillettes en pleine nature, nues, innocentes, incapables d'exciter quelqu'un d'autre qu'un homme immature. Mais qu'était Warren, sinon un homme immature ? Attardé dans tous les sens du terme. Une créature misérable, à peine un homme.

Et pourtant, ça n'excusait rien. Il était venu vivre chez nous, il avait occupé la chambre de mon fils et avait contaminé l'ordinateur de Keith avec des photos de fillettes nues. Et lorsque l'ordinateur avait été saisi par la police, il s'était tu, tout en sachant que ces photos flottaient peut-être encore dans ses circuits électriques. Il s'était tu, tout en sachant que les photos accuseraient Keith.

Tout à coup, la pitié que j'avais ressentie pour mon frère s'évanouit et fut remplacée par une colère cinglante. Il avait voulu jeter mon fils – son neveu – aux fauves.

Il fut étonné de me voir à sa porte. Il avait les yeux larmoyants et injectés de sang, les joues rouges. Il chancelait.

— Salut, frérot, dit-il d'une petite voix. Tu veux boire un coup ? me proposa-t-il en levant la canette qu'il avait à la main.

— Non, merci.

— Il y a un problème ?

— Il faut que je te parle.

Son regard se voila.

— La dernière fois que tu m'as parlé, ça m'a pas trop plu.

— Eh bien, cette fois, c'est plus grave, déclarai-je d'un ton sévère. C'est au sujet de la police.

J'aurais aimé le voir vraiment surpris, car cela aurait signifié qu'il y avait peut-être une explication aux détails que m'avait fournis Leo. J'avais envie que Warren me dise pourquoi l'école avait signalé à la police qu'il observait la cour de récréation depuis sa fenêtre, qu'il se justifie sur la présence des photos dans l'ordinateur de Keith, que tout ça ne soit qu'un immense malentendu. Mais je ne vis pas le moindre étonnement dans ses yeux. Je ne vis que de la résignation, celle d'un petit garçon pris en faute. Et aussi de la gêne, si bien que je sus qu'il avouerait sans difficulté, et qu'il allait me dire que oui, tout était vrai.

Il se contenta de hausser les épaules et de dire :

— Entre.

Je le suivis dans le salon, où il alluma un lampadaire, se laissa tomber dans son canapé en skaï craquelé et prit une gorgée de bière.

— Tu es sûr que t'en veux pas ? me proposa-t-il à nouveau.

— Oui.

Il prit une grande bouffée d'air.

— OK. Alors, qu'est-ce que tu veux, frérot ?

Je m'assis sur la chaise à bascule qui venait de notre grande maison. Cette pièce d'antiquité avait perdu toute sa valeur à force de ne pas être entretenue.

— La police a trouvé des photos sur l'ordinateur de Keith, commençai-je.

Warren baissa la tête, me fournissant la preuve dont j'avais besoin.

— Des petites filles. Nues.

Il reprit une longue gorgée, mais ne releva pas la tête.

— Keith affirme qu'il n'a jamais téléchargé ce genre de photos. Il nie totalement qu'elles lui appartiennent.

Warren hocha lourdement la tête.

— Je vois.

— La police sait à quelle date ces photos ont été téléchargées, avançai-je sans preuve.

Warren s'agita nerveusement sur son siège.

— Elles ont été téléchargées il y a un an, Warren. (Je ne pouvais en être sûr, mais ce mensonge risquait de se révéler utile.) Tu te souviens que tu as passé le mois de septembre dernier chez nous ?

Warren hocha la tête.

— Tu occupais la chambre de Keith. Tu utilisais son ordinateur. Tu étais le seul à t'en servir, à l'époque.

Warren coinça sa bière entre ses grosses cuisses molles.

— Ouais.

Je me redressai sur mon fauteuil.

— Ouais, répéta Warren.

À nouveau, j'attendis, mais Warren se contenta de prendre une autre gorgée de bière, puis il me regarda en silence.

— Warren, dis-je d'un ton sévère. Ces photos sont les tiennes.

L'une de ses grosses cuisses commença à tressauter.

— Des photos de petites filles, dis-je. Des petites filles nues.

Mon frère était de plus en plus agité.

— Puis j'ai appris que l'école s'était plainte à ton sujet, dis-je. Parce que tu observais les enfants. Tu as été dénoncé à la police.

— Je regarde par la fenêtre, c'est tout. Je ne ferais jamais de mal à une petite fille.

Il semblait perdu, mais ce n'était sans doute qu'une ruse.

— Dans ce cas, pourquoi tu regardes ça, Warren ? Et pourquoi as-tu téléchargé ces photos ?

Warren haussa les épaules.

— Elles étaient adorables.

Une vague d'exaspération me submergea.

— C'étaient des petites filles, bordel ! Des petites filles de huit ans ! Et elles étaient nues !

— Personne ne les avait obligées à être nues, dit Warren dans une sorte de gémissement.

— De quoi tu parles ? aboyai-je. Elles étaient nues, Warren !

— Mais personne ne les y obligeait. Je veux dire… Je n'ai pas besoin qu'elles soient nues.

— Besoin ? dis-je avec un regard assassin. Et de quoi as-tu besoin exactement, Warren ?

— J'aime bien… les regarder, c'est tout.

— Les petites filles ? crachai-je. Tu as besoin de regarder des petites filles ? (Mes yeux étaient comme des lasers.) Warren, savais-tu que ces photos se trouvaient toujours sur l'ordinateur de Keith ?

Il secoua violemment la tête.

— Non, je te le jure. J'ai essayé de…

— De les effacer, oui, je sais. Les flics aussi le savent.

— C'est plus fort que moi, Eric.

— Qu'est-ce qui est plus fort que toi ?

— Regarder… les… petites filles. C'est une maladie. Je sais que je suis malade, mais c'est plus fort que moi. Elles sont adorables.

Adorables.

Ce mot me brûla comme une torche.

— Adorables, répétai-je, troublé par la vision de Warren quittant la chambre de Jenny le dernier matin, le visage ravagé par ce que je croyais être de l'épuisement, mais qui était en fait sans doute de la honte.

— C'est ce que tu disais de… (Je revis ma sœur dans son lit cet après-midi-là, qui voulait désespérément me dire quelque chose. Ses lèvres s'agitaient contre mon oreille, puis elle s'était interrompue. J'avais jeté un coup d'œil derrière mon épaule et vu Warren, les mains dans les poches.) De Jenny.

Il comprit à mon regard ce dont je l'accusais.

— Eric, murmura-t-il. (Il semblait être tout à coup sorti de sa torpeur, comme si l'alcool qui coulait dans ses veines venait de s'évaporer.) Tu penses que… ?

J'avais envie de hurler « Non ! », de nier qu'il ait pu faire du mal à Jenny, de croire que même son besoin le plus irrépréhensible se serait arrêté au chevet de notre sœur mourante, pâle et détruite par la souffrance. Cette nuit-là, il ne pouvait en aucun cas l'avoir trouvée… adorable.

Mais je me contentais de le défier du regard.

Il finit par secouer la tête d'un air épuisé et désigna la porte.

— C'est fini pour moi, Eric. Tout est fini. Pars. Pars.

Je ne savais pas quoi faire d'autre. Je me levai, sortis en silence et regagnai ma voiture. Avant de démarrer, je vis la lumière à la fenêtre de Warren et je l'imaginai seul, désespéré, sans femme, ni enfant, ni mère, ni père, et désormais sans frère.

Je rentrai à la maison dans un état d'hébétude. Meredith, Warren, Keith tourbillonnaient dans ma tête comme des bouts de papier dans de l'eau écumante. J'essayai de me raccrocher aux faits pour ne pas céder aux terribles soupçons qui envahissaient mon esprit.

J'arrivai chez moi quelques minutes plus tard. Je descendis de voiture, passai sous les branches de l'érable du Japon et me dirigeai vers la porte.

Par la fenêtre, je vis Meredith au téléphone. Elle semblait paniquée. Je pensai au jour où j'étais rentré sans prévenir, et à la façon dont elle avait lâché : «Je dois te laisser», avant de refermer son portable et de le glisser dans sa poche. Et voilà que je la surprenais à nouveau, me dis-je. Je crus qu'elle allait raccrocher à l'instant où elle entendrait la porte.

Mais quand j'ouvris, elle se précipita sur moi, le téléphone entre ses mains tremblantes.

— C'est Warren, me dit-elle. Il est ivre et… tiens, à toi de jouer, bafouilla-t-elle.

Je pris le combiné.

— Warren ?

Il n'y eut pas de réponse. Je l'entendais respirer très vite, comme quelqu'un qui vient de courir.

— Warren ? répétai-je.

Silence.

— Warren, ordonnai-je. Parle-moi, ou je raccroche.

Le silence dura un instant de plus, puis je l'entendis prendre une immense bouffée d'air.

— Frérot, tes ennuis sont finis, dit-il.

Et là, j'entendis le coup de feu.

24

L'ambulance et la police se trouvaient déjà sur place quand j'arrivai chez Warren. Le quartier était balayé par les gyrophares, et un ruban jaune encerclait le jardin.

J'avais appelé les secours sur-le-champ, même si je ne savais pas vraiment ce que Warren avait fait. Il était ivre et, en de telles occasions, il lui arrivait d'avoir des gestes mélodramatiques pour m'apitoyer. Quand il était petit, un jour, il avait sauté d'un quai juste après une dispute. Il recourait aussi à ce genre d'éclat quand mon père lui criait dessus. C'était la seule façon qu'il avait de reconquérir une affection qu'il pensait perdue, même si ces pauvres tentatives étaient toutes vouées à l'échec. Warren n'avait jamais su tirer les leçons de son expérience et, à l'instant où j'aperçus les gyrophares au pied de chez lui, je m'attendis presque à le voir tituber dans le jardin, les bras tendus, les yeux larmoyants, en me disant : « Hé, frérot. »

Mais alors que j'approchais, je compris que cette fois, c'était différent. Peak se tenait dans l'embrasure de la porte grande ouverte. Il prenait des notes sur un calepin.

— Il va bien ? demandai-je en arrivant à sa hauteur.

Peak rangea le calepin dans la poche de sa veste.

— Il est mort, m'annonça-t-il. Je suis désolé.

Je ne tressaillis même pas à cette nouvelle. Je me souviens à peine de ce que je ressentis. Je me contentai de penser que je ne reverrais plus jamais mon frère. Quelques instants plus tôt, il me parlait. Désormais, il était réduit à jamais au silence. Si je pensai ou éprouvai autre chose à cet instant, c'était trop vague pour m'avoir laissé un souvenir.

— Acceptez-vous de faire l'identification ?

— Oui.

— Cela vous embête si je vous pose d'abord quelques questions ?

Je fis signe que non.

— J'ai l'habitude des interrogatoires, maintenant.

Il sortit le calepin de sa poche.

— Vous étiez en train de lui parler juste avant qu'il passe à l'acte, c'est bien ça ?

— J'ai entendu le coup de feu.

Peak ne paraissait pas troublé, comme si c'était un moyen paradoxal de s'attirer ma sympathie.

— Et qu'est-ce qu'il a dit ?

— Que mes ennuis étaient finis.

— Qu'est-ce qu'il voulait dire ?

— Qu'il ne serait plus un souci pour moi, j'imagine.

Peak me regarda d'un air soupçonneux.

— Vous pensez que ça a un rapport avec Amy Giordano ?

— Avec les photos que vous avez retrouvées sur l'ordinateur de Keith, oui. C'étaient celles de Warren.

— Comment le savez-vous ?

— Warren a habité chez nous l'an dernier quand il s'est cassé la hanche, et il vivait dans la chambre de Keith.

— Cela ne signifie pas que les photos lui appartenaient.

— Je sais qu'elles n'appartenaient pas à Keith.

— Comment le savez-vous ?

Je haussai les épaules :

— Pourquoi Warren aurait-il fait ça, si ce n'étaient pas ses photos ?

— Il s'est peut-être dit que c'était une façon de disculper Keith. Il n'a rien avoué d'autre, n'est-ce pas ?

— Non. Sauf que ces photos étaient à lui. Tout en prétendant qu'elles n'avaient rien de… sexuel. Qu'il ne les utilisait pas dans ce sens.

— Dans ce cas, pourquoi les conservait-il ?

— Il a dit qu'il trouvait ces fillettes… adorables.

Peak me regarda droit dans les yeux.

— Pensez-vous que ça ait un quelconque rapport avec la disparition d'Amy Giordano ?

Je donnai la seule réponse dont j'étais certain :

— Je l'ignore.

Peak sembla étonné.

— C'était votre frère. S'il était capable de faire ça, de kidnapper une petite fille, vous le sauriez, vous ne croyez pas ?

Je pensai à toutes les années que j'avais passées au côté de Warren, à tout ce que nous avions partagé : nos parents, la grande maison que nous avions perdue. Et pourtant, je ne pouvais répondre à la question de Peak. Je ne pouvais être certain de connaître Warren, de voir en lui autre chose qu'un miroir qui me renvoyait à moi-même.

— Connaît-on jamais quelqu'un ? répondis-je.

Peak poussa un long soupir frustré et referma son calepin.

— Très bien, dit-il en jetant un coup d'œil dans la maison. Vous êtes prêt pour l'identification ?

— Oui.

Il me conduisit vers l'escalier, puis dans le petit couloir qui menait à la chambre de Warren. Une fois à la porte, il s'écarta.

— Désolé. Ce n'est jamais facile, dit-il.

Warren avait tiré un fauteuil près de la fenêtre qui donnait sur la cour de l'école à peine éclairée. Il avait la tête inclinée sur la droite, si bien qu'on aurait pu croire qu'il s'était endormi en regardant par la fenêtre. Mais quand je m'avançai vers le fauteuil, je vis sa bouche explosée et ses yeux sans vie.

J'ignore ce que je ressentis dans les quelques secondes qui suivirent. Peut-être étais-je tout simplement sous le choc, mes soupçons, comme la pression d'une tumeur sur les lobes de mon cerveau, empêchant l'air et la lumière de passer.

— Qu'est-ce qu'il a dit ? demanda Peak. Juste que vos ennuis étaient finis ?

J'acquiesçai.

— Et avant ça ? A-t-il parlé à un autre membre de votre famille ?

— Vous pensez à Keith, n'est-ce pas ?

— Je pensais à n'importe qui.

— Il n'a pas parlé à Keith. Il a parlé brièvement à ma femme, mais pas à Keith.

— Qu'a-t-il dit à votre femme ?

— Je ne sais pas. Quand je suis arrivé à la maison, elle m'a tendu le téléphone. Puis Warren m'a dit que mes ennuis étaient finis, rien de plus. J'ai entendu le coup de feu, j'ai appelé les secours, et je suis venu directement.

— Vous êtes venu seul ?

— Oui.

Peak eut l'air désolé que je doive me trouver sur la scène du suicide de mon frère sans le réconfort de ma femme et de mon fils.

— Voulez-vous rester encore un peu ? me demanda-t-il.

— Non.

Je jetai un ultime regard à Warren, suivis Peak dans l'escalier puis dans le jardin où j'observai la lueur brumeuse qui s'échappait de la cour de récréation. Il n'y avait pas un souffle d'air, les feuilles mortes étaient immobiles dans le jardin en friche.

Peak jeta un coup d'œil vers la cour de récréation, et je remarquai combien cette vision le troublait. Il craignait pour la petite fille disparue.

— J'ai lu quelque part qu'au bout de deux semaines, une piste est « froide », dis-je.

— Exact.

— Or, cela fait deux semaines qu'Amy a disparu.

Il hocha la tête.

— C'est ce que Vince Giordano n'arrête pas de me répéter.

— Il veut retrouver sa fille. Je le comprends.

Peak me regarda avec attention.

— Nous avons envoyé les cigarettes pour analyse. Les résultats tardent.

— Et si c'étaient celles de Keith ?

— Cela signifierait qu'il a menti. Il a affirmé à Vince Giordano qu'il n'avait jamais quitté la maison.

— Et si c'était le cas ? dis-je, une question qui me parut bien imprudente.

Peak observa la cour de récréation déserte, les balançoires, la cage à écureuils et le toboggan fantomatiques. Il semblait y voir des enfants morts en train de jouer.

— Et si votre fils avait vraiment fait du mal à Amy Giordano ? Si vous saviez que votre fils est coupable, mais qu'il va s'en tirer, et qu'il recommencera un jour, comme tous les hommes ou presque qui assassinent des enfants. Et si vous saviez cela, Mr Moore, que feriez-vous ?

Je le tuerais.

Cette réponse jaillit dans ma tête avec une telle force que je la chassai aussitôt. Je répondis à Peak :

— Je ne le laisserais pas s'en tirer.

Il sembla voir le cheminement que j'avais fait depuis deux semaines, combien j'avais perdu, et combien il me restait peu à perdre.

— Je vous crois, me dit-il.

Meredith m'attendait. À la minute où je la vis, je me souvins d'elle avec Rodenberry, et je sentis une lame glacée me frapper dans le dos.

— Il est mort, dis-je d'un ton détaché.

Sans un mot, elle porta la main à sa bouche. Je précisai :

— Il s'est tiré une balle dans la tête.

Elle m'observa derrière sa main, toujours silencieuse, sans que je sache si elle était sous le choc ou bien incapable d'éprouver quelque chose.

Je pris le fauteuil face à elle.

— Qu'est-ce qu'il t'a dit ? lui demandai-je.

Elle me lança un regard étrange.

— Pourquoi es-tu en colère, Eric ?

Je ne pouvais lui répondre sans avouer tout ce que je savais.

— Je suis désolée, Eric. Warren était tellement…

Ses sentiments pour Warren s'apparentaient à deux aimants qui se repoussent.

— Je t'en prie, dis-je. Tu le détestais.

Elle eut l'air étonné.

— Ne dis pas une chose pareille.

— Pourquoi ? C'est la vérité.

Elle me regarda comme si j'étais un inconnu qui s'était glissé dans l'enveloppe corporelle de son mari.

— Qu'est-ce qui t'arrive ?

— Peut-être que je suis fatigué d'entendre des mensonges.

— Quels mensonges ?

J'avais envie de l'affronter, de lui dire que je l'avais vue avec Rodenberry sur le parking de l'école, mais une lâcheté ultime, peut-être la peur de la perdre définitivement, m'en dissuada.

— Ceux de Warren, pour commencer. Les photos que la police a trouvées dans l'ordinateur de Keith appartenaient à Warren.

Les yeux de Meredith brillèrent, et je vis combien elle était troublée.

— C'est Leo qui me l'a dit. Il m'a raconté que Warren observait les enfants dans la cour de l'école. Il passait son temps à la fenêtre de sa « tanière de célibataire ». Avec des jumelles. C'était tellement gênant que l'école a porté plainte. Le directeur est venu exiger de Warren qu'il cesse. À la disparition d'Amy Giordano, quelqu'un a téléphoné à la police pour raconter cette histoire.

— C'était donc ça, le mystère, fit Meredith.

Elle semblait soulagée. Elle regarda ses mains en silence. Puis elle dit :

— Warren n'aurait jamais fait une chose pareille, Eric. Il n'aurait pas fait de mal à une petite fille.

Cette affirmation me surprit. Meredith n'avait jamais aimé mon frère, elle n'avait jamais eu le moindre respect pour lui. Il était un perdant de la vie, or Meredith n'avait aucune pitié pour ce genre de personne. Son alcoolisme, ses plaintes continuelles ne redoraient pas son blason aux yeux de Meredith. Pourtant, tout d'un coup, elle semblait convaincue que Warren n'avait aucun lien avec la disparition d'Amy Giordano.

— Comment le sais-tu ?

— Je connais Warren.

— Vraiment ? Comment peux-tu être si sûre de le connaître ?

— Pas toi ?

— Non.

— C'était ton frère, Eric. Tu le connais depuis toujours.

Peak m'avait dit la même chose, et je lui fis la même réponse.

— Connaît-on jamais vraiment quelqu'un ?

Elle me regarda d'un air éberlué.

— Warren m'a dit que tu sortais de chez lui. Pourquoi ?

— J'étais allé lui parler des photos.

— Qu'a-t-il dit pour sa défense ?

— Qu'elles n'avaient rien de sexuel. Il a juste dit qu'il aimait regarder des photos d'enfants. Que ces fillettes étaient… adorables.

— Et tu l'as cru ?

— Non.

— Pourquoi ?

— Meredith, il a le profil type du pervers sexuel. Si quelqu'un manquait de confiance en lui, c'était bien Warren.

— Si c'est ça le critère, alors tu peux également ranger Keith dans le camp des pédophiles.

— Cela m'a traversé l'esprit, figure-toi.

La stupéfaction envahit le visage de Meredith.

— Tu penses ça ?

— Pas toi ?

— Non.

— Attends, glapis-je. C'est toi qui, la première, as eu des doutes sur Keith !

— Mais je n'ai jamais pensé à quelque chose de sexuel. Même s'il avait fait du mal à Amy, pour moi, ce n'était pas sexuel.

— Et quoi d'autre ?

— De la colère. Un appel au secours, peut-être.

Un appel au secours.

Ce baratin psychologique semblait tout droit sorti de la bouche de Rodenberry. Je frémis à l'idée que Meredith l'utilisait pour me contrer.

— Et merde ! m'écriai-je. Ne me dis pas que tu crois ces salades.

— Pardon, Eric ?

— Depuis qu'Amy a disparu, tu penses que Keith est impliqué. Et tu ne crois pas une seconde que c'est un « appel au secours ». Tu penses que c'est de famille. Que Keith a hérité de mauvais gènes. Par moi. Qu'il possède les mêmes gènes que Warren. Et tu as sans doute raison, lâchai-je avec un rire brutal.

— Ah bon ? Parce que selon toi, Warren était un pédophile ? Eric, d'où tiens-tu de telles certitudes ? De quelques photos sur un ordinateur ? Parce qu'il aimait bien regarder jouer les petites filles ? N'importe qui peut…

— Ce n'est pas tout, l'interrompis-je.

— Qu'y a-t-il d'autre ?

Je secouai la tête.

— Je n'ai pas envie de poursuivre cette conversation, Meredith.

Je tournai les talons, mais elle me rattrapa par le bras et m'obligea à lui faire face.

— Tu ne vas pas t'en tirer comme ça. Tu accuses Keith d'être un pédophile, un ravisseur d'enfant, et va savoir quoi d'autre. Tu m'accuses de soupçonner ta famille d'avoir des gènes d'assassin. Tu ne peux pas t'arrêter là et prétendre que tu n'as plus envie de parler. Pas cette fois, Eric. On ne lance pas de telles accusations à la légère. Tu vas m'expliquer pourquoi tu es si certain de toutes ces conneries.

Je me dégageai de son étreinte. La dernière scène dans la chambre de Jenny occupait tout mon esprit. À cause de cette accusation, mon frère avait jugé qu'il n'était plus digne de ce monde.

Meredith me rattrapa à nouveau.

— Explique-moi, m'ordonna-t-elle. Qu'est-ce que Warren ou Keith ont…

— Keith n'a rien à voir là-dedans.

— Warren, alors ?

Je lui lançai un regard désolé.

— Oui.

Elle lut l'angoisse dans mes yeux.

— Qu'est-ce qui s'est passé, Eric ?

— Je crois que j'ai vu quelque chose.

— Quelque chose... en Warren ?

— Non. En Jenny.

Meredith me lança un regard incrédule.

— Jenny ?

— Le jour de sa mort, quand j'étais dans sa chambre, elle essayait désespérément de me dire quelque chose. Elle agitait les lèvres, les jambes. Je me suis penché pour entendre, mais tout à coup, elle s'est arrêtée net, elle s'est écartée de moi et elle a regardé vers la porte. Warren se tenait dans l'embrasure. Il avait passé la nuit auprès d'elle et... Et je me dis qu'il avait peut-être...

— Mon Dieu, Eric, tu l'as accusé de ça ?

— Non, mais il l'a compris.

Meredith me regarda comme si j'étais une horrible créature rejetée sur le rivage.

— Tu n'as aucune preuve, Eric. Aucune preuve que Warren a fait du mal à ta sœur. Comment as-tu pu l'accuser d'une chose pareille ? Évoquer ça sans certitude ?

Je pensai à Meredith et Rodenberry sur le parking, si près l'un de l'autre dans l'air frais de la nuit.

— Il n'y a pas toujours besoin de preuves, dis-je froidement. Parfois, on sait, c'est tout.

Meredith ne dit rien de plus, mais je me sentis pris en faute comme un enfant. Je répliquai avec la seule arme qui me restait :

— Je t'ai vue, ce soir, dis-je.

— Tu m'as vue ?

— Avec Rodenberry.

Elle semblait à peine comprendre de quoi je parlais.

— Sur le parking de l'école.

Elle pinça les lèvres. J'ajoutai :

— Vous parliez.

Ses yeux se rétrécirent jusqu'à ne plus former que deux fentes.

— Et alors ? lâcha-t-elle. Qu'en déduis-tu, Eric ?

— Je veux savoir de quoi il retourne, dis-je d'un air hautain, comme un homme qui connaît ses droits et entend bien les faire respecter.

Elle était furieuse.

— Warren ne te suffit donc pas, Eric ? Une vie ne te suffit donc pas ?

Elle n'aurait pu m'anéantir davantage si elle m'avait tiré une balle en pleine tête, pourtant, la réplique suivante fut si dure que je sus que notre vie commune venait de prendre fin.

— Je ne te reconnais plus, dit-elle.

Puis elle tourna les talons et monta l'escalier.

Je savais qu'elle pensait ce qu'elle disait. Meredith n'était pas femme à bluffer ni à tenter de regagner ce qu'elle avait perdu. Le pont qui nous reliait s'était effondré et, alors que je sentais la brûlure de son regard sur mes joues, je sus que ce processus était irréversible.

25

Warren fut enterré par un glacial après-midi d'automne. Mon père m'avait sèchement annoncé qu'il ne comptait pas assister aux funérailles. Il n'y avait donc que Meredith, Keith et moi, cette famille prête à voler en éclats, ainsi que quelques compagnons de beuverie venus dire un dernier adieu à mon frère.

Meredith regarda le cercueil descendre en terre sans une larme. Keith était à ses côtés, encore plus pâle et émacié que d'habitude. Il n'avait eu aucune réaction à la mort de Warren, ce qui était typique de sa part. Debout devant cette tombe, je le sentais incapable de surmonter les tempêtes de l'existence. Je ne le voyais pas se marier, ni avoir des enfants, ni même gérer le quotidien d'une vie.

Après l'enterrement, je quittai le cimetière avec Meredith, droite comme un i, son visage de marbre cachant une colère sulfurique, à tel point que je craignais qu'elle ne me gifle.

Mais en franchissant les grilles du cimetière, nous donnions sans doute l'apparence d'une famille normale, une famille dont les membres partagent les joies, les peines, et se serrent les coudes face aux aléas de la vie.

C'est sans doute ce que crut Vince Giordano.

Il se tenait à l'entrée du cimetière près de son camion de livraison. Sa portière entrouverte, comme s'il se tenait prêt à partir. Il n'avait pas les yeux humides et injectés de sang du jour où il était venu me voir au magasin de photo. Il semblait au contraire déterminé. Il s'écarta de son camion au moment où nous atteignions notre voiture, son corps donnait l'impression de rouler comme une grosse pierre dans notre direction.

Je lançai un coup d'œil à Meredith.

— Monte dans la voiture, lui ordonnai-je, puis à Keith : toi aussi.

Vince se rapprochait.

— Bonjour, Vince, dis-je calmement.

Il s'arrêta et croisa ses gros bras sur sa poitrine.

— Je suis juste venu te dire que cette histoire va pas en rester là.

— Je ne vois pas de quoi tu parles.

— Ton frère s'est suicidé, mais c'est pas ça qui disculpe ton fils pour autant.

— Vince, nous ne sommes pas censés avoir cette conversation.

— Tu as très bien entendu.

— L'affaire est entre les mains de la police, Vince. Il faut leur faire confiance.

— Tu as très bien entendu. Ton gamin va pas s'en tirer comme ça. Tu as eu beau embaucher un bon petit avocat, ton gamin ne va pas s'en sortir comme ça. Ma fille est morte.

— Nous n'en savons rien.

— Si, nous le savons. Ça fait deux semaines maintenant. Qu'est-ce qui aurait pu lui arriver d'autre ?

— Je l'ignore.

Il jeta un coup d'œil par-dessus mon épaule. Je compris qu'il observait Keith.

— Ils ont retrouvé des cigarettes sous la fenêtre d'Amy, reprit Vince. Au pied de sa fenêtre. À qui sont-elles, hein ? Dis-le-moi ! Pourquoi il a menti, dis-le-moi ! Dis-le-moi ! Toi ou ton petit avocat de merde que tu as embauché pour défendre son petit cul !

— Ça suffit, décrétai-je.

— C'est dans ta famille que ça déconne ! hurla Vince. Un frère qui mate des photos et des enfants dans la cour de récréation ! C'est de là que vient le problème de ton fils ! C'est de famille ! C'est dans ton sang ! On devrait vous exterminer ! hurla-t-il.

Je n'en pouvais plus de sentir son haleine chaude sur mon visage. Je tournai les talons, me dirigeai vers ma voiture et m'installai au volant. Un instant, je regardai Vince et je vis à quel point il me détestait, à quel point il détestait Keith, et la jolie petite famille qui avait franchi les grilles du cimetière, le genre de famille qu'il avait un jour eue et qu'il avait perdue, à cause, il n'en doutait pas, de mon fils.

Je rentrai directement à la maison. Meredith trembla durant tout le trajet, terrifiée à l'idée que Vince nous suive. Elle ne cessait de jeter des coups d'œil dans le rétroviseur pour guetter le camion vert. Je ne l'avais jamais vue effrayée à ce point, et je savais que c'était aussi parce qu'elle ne me faisait plus confiance.

À la maison, elle voulut que j'appelle la police, mais j'avais accusé trop de gens à la légère ces derniers temps, et je refusai.

— Il est en colère, c'est tout, dis-je. C'est normal.

— Mais il n'a pas pour autant le droit de nous menacer, répliqua Meredith.

— Il ne nous a pas menacés. De toute façon, la police ne fera rien. Elle ne peut pas nous protéger s'il ne passe pas d'abord à l'action.

Elle secoua la tête d'un air exaspéré, sans doute convaincue que je refusais de voir que Vince Giordano était un homme dangereux.

— Très bien. Mais s'il arrive quelque chose, Eric, tu en seras responsable.

Puis elle descendit à grands pas le couloir jusqu'à son bureau et claqua la porte.

Je fis un feu dans la cheminée et restai longtemps à contempler les flammes. Dehors, les feuilles d'automne s'agitaient au gré du vent. L'air s'assombrit, et la nuit finit par tomber. Meredith ne sortit pas de son bureau, ni Keith de sa chambre.

Au début de la soirée, Keith me rejoignit dans le salon.

— On mange ou quoi ? me demanda-t-il.

Je quittai le feu des yeux.

— J'imagine que personne n'a très envie de cuisiner.

— Et qu'est-ce que ça signifie ? Qu'on ne… mange pas ?

— Si, si, on va manger.

— OK.

— Viens, on va chercher une pizza, dis-je en me levant.

Je sortis de la maison et passai avec lui sous les branches de l'érable du Japon.

La pizzeria de Nico n'était qu'à quelques minutes en voiture et, sur le chemin, Keith me parut moins sombre qu'auparavant, comme s'il émergeait peu à peu de sa colère adolescente. Il y avait une petite lueur dans ses yeux, peut-être une étincelle d'espoir que sa vie prenne une tournure plus normale.

— Je te demanderais bien comment tu vas, dis-je, mais tu détestes cette question.

Un léger sourire s'afficha sur ses lèvres.

— J'allais te demander la même chose. Maman est furieuse contre toi, non ?

— En effet.

— Et pourquoi ?

— Elle me reproche d'avoir des jugements à l'emporte-pièce.

— Sur elle ?

— En général. Je vais trop vite en besogne, Keith, je tire parfois des conclusions sans preuve.

— Et sur quoi portent ces jugements ?

— Certaines choses.

— Tu ne veux pas m'en parler ?

— C'est entre ta mère et moi.

— Et si je te disais quelque chose ? Un secret.

Je sentis un frisson me parcourir.

— Dans ce cas, tu me dirais ce que c'est ? me demanda Keith. Une sorte d'échange entre père et fils, d'accord ?

Je le regardai attentivement, puis je vis d'où venait mon erreur à son sujet : au cours de ses années d'adolescence boudeuse marquées par un perpétuel sourire ironique, j'avais oublié qu'un adulte grandissait en lui, et que cet adulte devrait être accepté tel quel. Il me fallait maintenant considérer Keith comme un homme en devenir.

— D'accord, dis-je.

Il prit une grande bouffée d'air, puis commença :

— L'argent que j'ai volé, ce n'était pas pour moi. Ce que j'ai dit à Mr Price, que je voulais fuguer, eh bien, ce n'était pas vrai.

— Et à quoi était destiné cet argent, dans ce cas ?

— À une fille. On est... tu vois. Elle a vraiment des problèmes chez elle, alors je me suis dit que je pouvais l'aider.

— Puis-je savoir qui est cette fille ?

— Elle s'appelle Polly, avança timidement Keith. Elle habite à l'autre bout de la ville. C'est pour ça que j'allais me promener là-bas. Je lui rendais visite.

— À l'autre bout de la ville. Près du château d'eau.

Il eut l'air surpris.

— Oui.

Je souris.

— Bon, j'imagine que c'est à moi. Le problème avec ta mère, la raison pour laquelle elle est si furieuse, c'est que je l'ai accusée d'avoir un amant.

Je sentis une boule d'angoisse se dénouer dans mon ventre.

— Je n'avais pas de preuve, mais je l'ai accusée quand même.

Il me lança un regard compatissant.

— Et tu as cru que j'avais fait du mal à Amy Giordano, aussi ?

J'acquiesçai.

— Oui, Keith, je l'ai cru.

— Et tu le penses encore ?

Je l'observai, et ne vis qu'un garçon timide, réservé et bizarrement solitaire, prisonnier de l'entrelacs d'espoir et de crainte dont est fait tout être humain. Et là, je sus que mon fils n'avait pas tué de petite fille.

— Non, Keith.

Je me garai, le pris dans mes bras et sentis son corps se relâcher, tout comme le mien. Et là, nous nous abandonnâmes tous les deux aux larmes.

Il finit par s'écarter. L'instant d'après, nous riions de l'étrangeté de ce moment.

— Bon, quelle pizza ? dis-je en remettant le contact.

Keith répondit en souriant :

— Pepperoni et oignons.

Il y avait du monde chez Nico ce soir-là. Keith et moi attendions notre commande sur un petit banc. Il sortit un jeu vidéo de sa poche tandis que je parcourais le journal local. On y parlait d'Amy Giordano, mais seulement en page quatre, pour dire que la police enquêtait sur « de nouveaux suspects ».

Je montrai l'entrefilet à Keith.

— Bonne nouvelle, dis-je. Tu n'es plus suspect.

Il sourit, acquiesça, puis reprit son jeu.

Je jetai alors un coup d'œil au camion de livraison garé le long du trottoir. Un livreur attendait. Il était grand et maigre, avec des cheveux noirs et des yeux un peu globuleux. Adossé au capot, il fumait en regardant les voitures circuler sur le parking. Tout à coup, il se raidit, jeta sa cigarette par terre, se mit au volant et démarra.

— Pepperoni et oignons, appela quelqu'un derrière le comptoir.

Keith alla chercher la pizza. Je payai puis repris le volant. En chemin, je jetai un coup d'œil à l'endroit où le livreur avait lancé sa cigarette. Plusieurs mégots flottaient dans une flaque d'eau huileuse. Des Marlboro.

Je ne dis rien jusqu'à la sortie du parking. Là, j'arrêtai le moteur et me tournai vers Keith.

— Le soir où tu as commandé une pizza, chez Amy, elle venait de chez Nico ?

Keith hocha la tête.

— À quoi ressemblait le livreur ?

— Un grand type maigre.

— As-tu vu le gars qui se tenait près du camion de livraison il y a quelques minutes ?

— Non.

— Il était grand et maigre. Et il fumait cigarette sur cigarette.

— Et alors ?

— Il fume des Marlboro.

Le visage de Keith sembla changer sous mes yeux, devenir plus adulte, comme si le poids de la vie pesait soudain sur lui.

— On devrait prévenir la police, dit-il.

Je secouai la tête.

— Ils ont sans doute déjà vérifié cette piste. En plus, nous ne sommes même pas sûrs que ce soit lui qui t'ait apporté la pizza.

— Mais si c'était lui ? Peut-être qu'il la garde encore prisonnière.

— Non. S'il l'a kidnappée, il y a longtemps qu'elle est morte.

Keith refusa de se laisser convaincre.

— Et si ce n'est pas le cas ? On devrait au moins essayer.

— Nous n'avons aucune preuve. Juste qu'un type qui livre des pizzas pour Nico fume les mêmes cigarettes que toi, comme des millions d'autres personnes. En plus, comme je t'ai dit, je suis sûr que la police l'a déjà interrogé.

Je n'étais pas certain que Keith se soit rangé à mes arguments, mais il ne dit rien de plus.

À notre retour, Meredith était dans la cuisine. Keith mit la table, et le dîner se déroula sans heurt. Un moment, j'en vins à croire que, malgré les ennuis que ma famille avait connus au cours des deux dernières semaines, nous allions retrouver un jour notre équilibre. Je voulais croire que la colère de Meredith se dissiperait, tout comme le ressentiment de Keith semblait s'être évaporé. Peut-être que, tout simplement, nous étions trop épuisés pour nous déchirer. La colère exige beaucoup d'énergie, et à moins de souffler constamment sur ses braises, elle finit par retomber. C'est pour cette raison que je décidai de ne rien dire sur Amy Giordano ou Rodenberry, de me contenter d'espérer qu'Amy soit retrouvée, que le choc de la mort de Warren s'estompe, que le doigt accusateur que j'avais pointé sur Meredith devienne moins douloureux, et que nous reprenions notre vie.

Après le dîner, Keith monta dans sa chambre. Du rez-de-chaussée, je l'entendis faire les cent pas, comme s'il réfléchissait. Meredith aussi l'entendit, mais elle ne fit pas de commentaires, et je ne lui dis rien au sujet de la source d'inquiétude de Keith.

J'allai me coucher juste avant dix heures. Meredith était à nouveau murée dans son silence.

— Je t'aime, lui dis-je.

Elle ne répondit pas.

Elle s'endormit quelques minutes plus tard, et je restai longtemps éveillé.

Le lendemain matin, Meredith semblait un peu moins furieuse, et je repris espoir. Mais je me contentai de garder le silence.

Keith partit au lycée comme d'habitude et, quelques minutes plus tard, j'allai travailler. La journée s'écoula sans incident particulier. Keith rentra à la maison juste après quatre heures et trouva un message sur le répondeur où je lui disais qu'il était temps qu'il reprenne ses livraisons. Il attrapa donc son vélo, pédala jusqu'à la boutique et alla livrer les commandes de l'après-midi. Elles étaient nombreuses, mais je ne doutais pas qu'il serait revenu pour la fermeture.

Il était presque six heures quand je fermai la boutique et me dirigeai vers ma voiture. À cet instant, Vincent Giordano avait lui aussi fermé son magasin et appelé sa femme pour lui dire qu'il serait là pour les actualités.

Tout à coup, vous reconnaissez le visage. Il surgit dans la foule, c'est si douloureusement évident que tous les autres deviennent flous. Il s'approche avec de grands yeux scrutateurs. Cette personne vous fait signe de la main quand elle vous aperçoit sur la banquette derrière la vitre. Cela fait des années que vous n'avez pas vu ce visage, mais vous vous rappelez les affiches scotchées à la devanture des magasins, avec cette photo de petite fille se détachant sous des lettres noires à l'accent sinistre : DISPARUE.

— *Merci d'être venu, Mr Moore, dit-elle.*

— *C'est tout à fait normal, Amy.*

Elle a vingt-trois ans, son visage s'est arrondi, mais sa peau est toujours parfaite. Adorable, voilà le mot qui vous vient à l'esprit, le mot de Warren, celui qui vous avait poussé à l'accuser sans preuve de certains crimes.

— *Je ne sais pas trop ce que je cherche, dit-elle.*

Elle retire un foulard bleu foncé qui protégeait ses cheveux. Ils sont plus courts qu'avant, et plus lisses. Vous vous souvenez de la dernière fois où elle était entrée dans votre magasin. Ils lui arrivaient au bas du dos. Vous vous souvenez de son air intelligent alors qu'elle examinait les appareils photo, comme si elle cherchait à comprendre leur fonctionnement.

— Je vais me marier, c'est sans doute pour ça. Je voulais… y voir clair avant de fonder à mon tour une famille.

Elle attend une réponse, mais vous vous contentez de la regarder en silence.

— Cela vous paraît incongru ? Que je veuille vous parler ?

— Non.

Elle retire son imperméable, le plie soigneusement et le pose sur le siège. Vous vous demandez si elle va sortir un carnet pour prendre des notes. À votre grand soulagement, elle n'en fait rien.

— J'ai tout raconté à Stephen. Mon fiancé. En tout cas, tout ce dont je me souviens. Peut-être qu'en fait, je veux juste vous remercier.

— De quoi ?

— D'avoir été si attentif à des détails. Et d'avoir réagi à temps.

Je me souviens des pas de Keith dans sa chambre. C'est à ce moment-là qu'il avait dû prendre sa décision. Il avait rejeté mes raisons, et il était alors devenu un homme.

— Ce n'est pas moi, lui dis-je.

— Oui, dit-elle. C'est Keith.

— C'est Keith, et lui seul.

Je vois maintenant ce que je n'aurais pu voir à l'époque. J'imagine mon fils qui observe la cabine téléphonique du lycée, qui s'arrête, réfléchit à nouveau, puis compose le numéro qu'il a vu sur les affiches collées partout en ville, un numéro de téléphone qui avait servi

302

à propager des rumeurs, des faux témoignages, des ragots, des soupçons infondés, mais qui, finalement, avait été utile. J'entends sa voix, que j'avais toujours trouvée molle, et qui maintenant résonne fort dans ma tête, si confiante et déterminée.

— J'aurais aimé que ça se produise plus tôt.

— Je voulais vous dire à quel point je suis désolée pour vous.

Les mots de son père résonnent dans ma tête. « Je serai là pour les actualités. »

Que voulait-il dire par « là » ? me demandai-je tout à coup. Parlait-il de la maison qu'il avait partagée avec sa femme et sa fille ? Ou d'une autre demeure, l'endroit où il espérait trouver la paix, tout du moins l'oubli ?

— Son geste a été si terrible, reprit-elle. Si injuste. D'autant que Keith venait d'appeler la police.

Vous entendez la voix de votre fils aussi clairement que lorsque Peak vous l'avait fait écouter trois jours plus tard.

« C'est Keith. Keith Moore. Hier soir, mon père et moi, on est allés chercher une pizza chez Nico, et on a vu l'homme qui m'a peut-être livré chez Amy Giordano. Il fume des Marlboro, et je me dis juste que vous devriez peut-être aller lui parler, parce que… il n'est peut-être pas trop tard pour Amy. »

Des images surgissent de ma mémoire grise. Vous imaginez l'arrestation de cet homme, la petite fille que l'on découvre dans la cave et que l'on emmène en ambulance, ses longs cheveux noirs emmêlés et sales, un œil abîmé, les lèvres craquelées. Vous superposez cette image au visage sous vos yeux, cicatrisé par le temps, ses lèvres humides, ses cheveux propres et bien coiffés.

— Il n'aurait pas tardé à me tuer, dit-elle. Il avait déjà creusé ma tombe.

Vous ne doutez pas que ce soit vrai, que si votre fils n'avait pas agi seul, Amy Giordano serait morte.

— Je regrette de ne pouvoir remercier Keith, conclut-elle.

Les dernières heures de votre vie de famille défilent comme des photos que vous n'avez pas prises, mais que vous conservez depuis des années dans le portfolio de votre mémoire. Vous voyez Keith sur son vélo qui rentre de sa tournée. Il déboule à toute vitesse sur le parking. Vous voyez aussi un camion vert qui pénètre dans votre champ de vision. Vous voyez un canon surgir à la vitre du camion, le canon d'un fusil de chasse. Vous voyez votre fils, bras levés, qui vous fait signe. Puis vous entendez la détonation. Votre fils est arraché de sa selle, comme si une immense main le projetait au sol. Il se tortille sur le bitume pendant que vous vous précipitez vers lui.

— Je ne sais pas pourquoi il a fait ça, reprend-elle. Mon père.

Vous vous voyez comme sur des photos agenouillé près de votre fils étrangement immobile, son corps sans vie dans vos bras. Vous frissonnez lorsqu'un nouveau coup de feu retentit. Vos yeux se tournent vers la source du bruit, et vous découvrez un corps affalé sur le volant du camion vert.

— Il a fait ça par amour pour toi, dis-je.

Ses yeux brillent et, un instant, sa douleur et la vôtre ne font qu'une. Vous dites :

— Moi aussi, je suis désolé.

C'est vrai, vous êtes désolé pour Amy, pour Karen qui ne s'est jamais remariée, pour Meredith qui ne supportait plus rien après la mort de Keith, qui ne pouvait plus vivre avec vous, ni dans la ville où vous aviez fondé une famille et mené une existence heureuse, quoique brièvement. Elle était partie d'abord à Boston, puis en Californie, puis dans un troisième lieu d'où elle n'avait donné aucune nouvelle.

Amy reprit:

— *J'avais juste envie de vous voir pour vous dire combien je suis désolée. Il y a eu tant de... malentendus.*

Elle fit mine de se lever.

— *Attends, lui dites-vous.*

Elle se rassoit d'un air étonné.

— *Il faut que je te parle, dis-je. Tu vas te marier, tu vas fonder une famille. Il y a certaines choses, Amy, que tu dois savoir.*

— *D'accord.*

— *J'aimerais t'aider. Te faire bénéficier de mes erreurs.*

Elle ne bouge pas. Elle est prête à recevoir votre cadeau.

Vous pensez à Warren, à Meredith, à Keith, à la famille que vous avez eue, dont vous avez douté, que vous avez perdue. Vous vous souvenez du dernier regard jeté à votre maison, à l'allée tortueuse qui menait à sa porte, au barbecue en briques, à l'érable du Japon que vous aviez si amoureusement planté. Vous vous souvenez de ce jour où, rongé par le doute et le soupçon, vous avez regardé la terre à son pied et cru voir une mare de sang au lieu d'un tas de feuilles rouges.

Vous fermez les yeux, vous les rouvrez, tout ça disparaît, et vous voyez Amy. Vous lui dites :

— Je vais commencer par la fin. Par le jour où j'ai quitté la maison.

Et là, comme sur une photo de famille, vous souriez.

DU MÊME AUTEUR

Aux Éditions Gallimard

Dans la collection Série Noire

LES LIENS DU SANG, 2009.

LES FEUILLES MORTES, 2008, Folio Policier n° 593.

LES OMBRES DU PASSÉ, 2007, Folio Policier n° 568.

LA PREUVE DE SANG, 2006.

LES RUES DE FEU, 1992, n° 2299, Folio Policier n° 533.

HAUTE COUTURE ET BASSES BESOGNES, 1989, n° 2210.

QU'EST-CE QUE TU T'IMAGINES ?, 1989, n° 2188.

DU SANG SUR L'AUTEL, 1985, n° 2021.

SAFARI DANS LA 5ᵉ AVENUE, 1981, n° 1809.

Aux Éditions de l'Archipel

DISPARITION, 2003.

INTERROGATOIRE, 2003, Livre de Poche, n° 37167.

LES OMBRES DE LA NUIT, 2002, Livre de Poche, n° 37067.

LES INSTRUMENTS DE LA NUIT, 1999, J'ai lu, n° 5553.

COLLECTION FOLIO POLICIER

Dernières parutions

Composition IGS-CP
Impression Novoprint
le 15 août 2010
Dépôt légal : août 2010

ISBN 978-2-07-043821-1/Imprimé en Espagne.